GRIMALKIN

TOME III

GRIMALKIN
TOME III
LES LÉGENDES OUBLIÉES

Par RIMIQUEN

© 2021 RIMIQUEN

Édition : BoD – Books on Demand

12/14 rond-point des Champs-Élysées, 75008 Paris

Impression : BoD – Books on Demand,

Norderstedt, Allemagne

ISBN : 9782322273980

Dépôt légal : Janvier 2021

Je tenais à vous remercier une nouvelle fois pour votre fidélité dans cette aventure. Ce roman est dédié à Léo l'âme du GRIMALKIN qui me manque tant.

Merci à tous.

CHAPITRE 1

Le chant d'un oiseau au loin, brisa le silence, Zoé soupira de bonheur, elle se prélassait dans la piscine, les bras écartés, les yeux levés vers le ciel, observant la trainée d'une fumée bleue, blanche et rouge laissée par la patrouille de France. Quand un plongeon près d'elle mit fin à ce moment paisible, elle se redressa subitement s'essuyant les yeux, c'était Marc qui riait en la regardant. Puis elle aperçut Sophie enlacée par Nicolas et à leurs côtés Mathieu, ils se tenaient tous au bord de la piscine.

- Ah ! Je vois madame se la coule douce, je croyais que tu devais réviser, se moqua Mathieu en se penchant près du transat où Zoé avait laissé un livre.

- Quoi ! Les contes Les Mille et une nuits ? Dis donc Zoé tu ne retomberais pas en enfance par hasard ?

- Oh ! C'est super ce livre, s'écria Sophie, je l'ai lu quand j'étais petite, Aladin, les quarante voleurs, le génie et tous ces récits fabuleux.

- Justement ! Reprit Mathieu, tu étais une enfant, Zoé a passé l'âge.

Celle-ci se hissa sur la margelle de la piscine en lui tirant la langue, Marc la rejoignit.

- Ceci est notre prochaine aventure.

- Quoi ! S'écrièrent-ils en chœur

Zoé éclata de rire, se saisit de sa serviette et s'essuya en pouffant, devant l'air incrédule de ses amis.

- Comment-ça notre prochaine aventure ? Répéta Mathieu.

- Hum ! Je ne sais pas encore c'est flou, mais je fais un rêve persistant. J'ai l'impression que nous allons faire un grand voyage.

- Ah bon ! Mais où ? Interrogea Sophie les yeux pétillants de bonheur.

- Peut-être bien chez Amir, répliqua Zoé en leur faisant un clin d'œil.

- Quoi ! Tu en es certaine ! La coupa Sophie.

Au même moment la voix de Nanny se fit entendre.

- Non ! Non ! Et non ! C'est impossible, ce n'est pas la peine d'insister, précisait celle-ci d'un air contrarié à Amir.

Tous les regards convergèrent vers elle.

- Que se passe-t-il ? Demanda avec étonnement Nicolas.

Nanny se laissa choir dans un fauteuil près du transat de Zoé.

- C'est… C'est le père d'Amir, il veut que nous allions tous chez-lui pour l'aider à retrouver les preuves de l'origine de son pays, grâce à l'œil d'Ubar.

- Oh ! Mais c'est génial ça ! S'écria Mathieu.

Nanny reporta son attention sur lui et remarqua la couverture du livre qu'il tenait dans les mains, elle haussa les sourcils en l'interrogeant du regard.

- Oh ! Ce… Ce n'est pas à moi, c'est à… Zoé, rétorqua-t-il en le reposant prestement sur une petite table.

Nanny plissa les yeux en fixant intensément cette dernière.

- Aurais-tu oublié de me dire quelque chose Zoé ?

Celle-ci s'approcha de sa vieille amie, s'installa sur le fauteuil à côté d'elle et mit sa main sur la sienne.

- Non pas du tout ! Simplement depuis quelques jours je fais un rêve étrange me ramenant toujours à ces contes, mais je n'en comprends pas la signification. Je crois que ce voyage en est l'explication, conclut-elle en lui faisant un clin d'œil. Mais pourquoi affirmer que c'est impossible ?

Nanny soupira longuement et baissa la tête tristement.

- Si cela doit être votre prochaine mission, pas de problème, vous pourrez y aller, mais je resterai ici.

Des cris de protestation s'élevèrent.

- C'est impossible ! Insista Zoé en penchant la tête. Vous le savez, vous êtes l'âme de notre groupe, la sagesse, notre mentor. Nous formons une équipe, chaque membre à un rôle important, on ne peut pas se passer de vous, c'est impensable.

Nanny si sûre d'elle d'habitude, se mordilla les lèvres.

- Mon père tient vraiment à votre venue. Il vous aime beaucoup et se fait une joie de vous accueillir. Il voudrait vous faire visiter notre pays, vous en montrer les beautés. Il a même dit que s'il le fallait il viendrait lui-même pour vous convaincre.

Marc fronça les sourcils en l'observant attentivement. Zoé leur fit signe de s'éloigner, elle voulait connaître les raisons de son refus.

Discrètement tous ses amis se reculèrent. Elle regarda la surface de l'eau si calme, si apaisante.

- Alors ? Cela ne vous ressemble pas de renoncer à une nouvelle aventure. C'est vous qui nous poussez d'habitude.

- Oui, mais…

- Mais quoi ?

Nanny soupira de nouveau.

- Je… Au même moment un avion passa au-dessus de leur tête et Nanny l'observa un long moment.

- Quoi ! C'est l'avion c'est ça ? Vous avez peur ?

- Ne te moque pas de moi je t'en prie Zoé Kilhourz, je sais que c'est stupide, mais que veux-tu, ce truc qui pèse des tonnes et qui reste en suspension dans l'air me fait paniquer.

- Oh ! Je comprends, répondit Zoé en se mordillant les lèvres. C'est inutile que je vous rappelle qu'il y en a des milliers dans le ciel et que les accidents sont très, très rares.

- Non ce n'est pas la peine. Je sais, je… je suis idiote, conclut Nanny d'une voix morne.

- Pas du tout, vous n'êtes pas la seule à avoir une phobie, et le bateau ?

- J'ai le mal de mer, elle pouffa de rire, que veux-tu, je suis sédentaire dans l'âme, je me sens bien ici et sortir de ma zone de confort est effrayant.

Zoé éclata de rire.

- Après tout ce que nous avons vécu. Ces aventures incroyables hors du temps. Vous êtes une curieuse, une passionnée. Si on vous laissait derrière nous, vous seriez malheureuse, toujours inquiète. C'est ensemble que nous sommes invincibles. En plus vous aimez apprendre, découvrir de nouvelles choses. Pour vous la vie est un défi permanent, le mystère votre terrain de jeu.

Sa vieille amie la regarda avec beaucoup d'attention.

- Décidément tu es pleine de sagesse Zoé comme toujours.

- Nanny nous avons tous des peurs instinctives qui sont irrationnelles, il n'y a aucune honte. Toutefois nous avons un avantage sur les autres.

- Lequel ? Reprit avec curiosité Nanny.

- GRIMA ! Il ne laissera rien arriver de malencontreux, il nous protégera, et vous le savez, si ce voyage représentait le moindre danger il me le ferait savoir.

Au même moment celui-ci sauta sur les genoux de Nanny, posa ses deux pattes avant sur ses épaules et lui donna des léchouilles sur le bout du nez comme pour la rassurer. Elle se mit à rire.

- C'est vrai j'avais oublié à quel point ce chat est merveilleux, mais…

- Pas de mais, avez-vous confiance en lui ?

Nanny le fixa dans les yeux un long moment.

- Bien sûr, je lui confierai ma vie.

- Alors nous partons ! Une nouvelle aventure nous attend ! Affirma Zoé avec un grand sourire.

Des cris de joie se firent entendre et tous leurs amis s'approchèrent de nouveau.

- Oh ! Mais j'y pense, il nous reste des cours, l'année n'est pas terminée, soupira Sophie.

- Aucun souci, tout est arrangé, mon père a contacté le président de l'université, nous avons son autorisation.

- Quoi ! Mais comment ? S'écria éberlué Marc.

- Compte tenu de nos excellentes notes et du fait qu'un roi insiste sur notre présence afin de résoudre une affaire de la plus haute importance, sans oublier une très généreuse donation, il a donné son accord et sa bénédiction.

- Je n'en reviens toujours pas, s'exclama Nicolas.

- Oh ! P..tain c'est trop cool, jubila Marc.

- Mais ce n'est pas possible, Maaaarc, tu ne changeras donc jamais, s'offusqua Nanny en lui mettant une petite tape sur le bras ce qui le fit rire.

Amir leur fit un clin d'œil.

- Mon père nous envoie son avion, il n'y a jamais eu le moindre accident avec ce modèle il est très fiable vous savez, et nous serons tous ensemble.

- Waouh ! Un jet particulier, s'extasia Sophie tout sourire.

Seul Marc resta silencieux, il regardait le sol, semblant réfléchir intensément.

- Que se passe-t-il ? Demanda Zoé inquiète.

- Oh ! Je viens de réaliser qu'il… il m'est impossible de venir. Je travaille chez la mère de Mathieu et puis j'ai ma petite princesse Miya, je ne peux pas l'abandonner, c'est mon bébé.

- Personne ne te demande de le faire, précisa Amir en mettant sa main sur son épaule, elle viendra avec nous. GRIMA aussi sera là, alors ne stresse pas il n'y a pas de problème.

Mathieu qui s'était éloigné du groupe parlait dans son téléphone. Il raccrocha joyeusement.

- Ma mère te donne un congé exceptionnel, elle est super excitée de savoir qu'une nouvelle aventure va commencer.

- Sérieux ! Marc exultait de bonheur. P… Euh ! C'est top ! Génialissime !

Nanny qui l'observait les bras croisés, sourit en voyant ses efforts.

- Tu vois quand tu veux, mais, j'y pense et mes chats ? Moi aussi je ne peux pas les laisser, soupira Nanny tristement.

- Je m'en occuperai, affirma Marie qui venait d'apparaître. À la seule condition que vous me teniez au courant de cette nouvelle enquête. Je trouve cela tellement fascinant.

- Oh ! Marie, vous êtes une amie précieuse, murmura tendrement Nanny en prenant ses deux mains dans les siennes.

- Bon ! De toute façon, tout le monde est invité, insista Amir. Il y aura Nanny, Zoé, Sophie, Mathieu, Marc, Nicolas, Céline et Éric avec leur bébé, et puis aussi Martine et Paul, sans oublier Raoul. Nous allons prévenir tout le monde.

Un miaulement se fit entendre et ils éclatèrent tous de rire.

- Ah oui ! J'oubliais le principal intéressé, bien sûr GRIMA tu seras le premier à monter dans l'avion. Sans toi que ferions-nous ?

- Mais tu es certain que ton père peut tous nous accueillir ? Interrogea surprise Sophie.

- Bien sûr le palais est grand.

- Le pa… palais ? Reprit-elle interloquée. Nous allons dans un palais ?

Amir hocha la tête les yeux brillants de plaisir, il regarda tous ses amis. Nanny se pencha vers le livre qu'elle ramassa.

- Je me demande bien, quel est le rapport avec ces contes ? Peux-tu me décrire ce rêve que tu as fait ?

- Très étonnant ! Je vous le dirai.

- Eh bien je t'écoute, reprit Nanny en croisant les bras.

- Ah non ! Pas maintenant, je vous le raconterai quand nous serons dans l'avion, ainsi vous ne verrez pas le temps passer, répondit-elle mutine.

- Oh ! Zoé tu exagères, affirma Nanny en lui souriant.

Les autres pouffèrent de rire, ils avaient hâte d'en apprendre plus.

- Mais Amir tu nous avais dit que cette pierre permettait de découvrir le secret, je ne comprends pas pourquoi vous auriez besoin de nous ? Interrogea Nicolas avec curiosité.

- Hum ! Ce n'est pas si simple en fait, et je crois aussi qu'il a envie de connaître le groupe, de vous rencontrer et surtout de vous retrouver Nanny.

- Oh ! C'est vrai ça, vous le connaissez, s'enquit Marc en fronçant les sourcils, mais comment l'avez-vous rencontré ?

Nanny rougit sous leurs regards inquisiteurs, elle tapota sa canne sur le sol.

- C'est une longue histoire.

- Mais encore ? Insista Marc.

- Maaarc ! C'est si vieux tout ça, affirma Nanny en faisant un moulinet avec son autre main.

- Oui c'est évident, reprit-il.

- Oh ! Eh bien toi alors ! Dis donc Marc tu ne connais pas la galanterie ? Quel manque de tact ! De toute façon, avec vous dès qu'on a plus de trente ans on est une antiquité, j'ai juste dépassé la soixantaine, répondit offusquée Nanny

Il pouffa de rire en la prenant par les épaules

- Mais une antiquité est un objet précieux, qui a beaucoup de valeur aux yeux de celui qui l'aime, et puis je sens un premier mystère derrière tout ça. Mon instinct est en alerte, je veille sur vous.

Nanny lui tapota la joue, émue devant sa tendresse. Marc n'avait pas toujours la manière ou les bons mots, mais son attachement était sincère.

- Merci mon preux chevalier, mais je sais me défendre, dit-elle en brandissant sa canne et puis nous avons d'autres mystères à élucider. Elle mit sa main sur la couverture du livre. Il va falloir découvrir les énigmes cachées dans ce recueil, dès que Zoé nous racontera son rêve.

- Dans l'avion, pas avant et ce n'est pas la peine d'insister, répondit-elle en riant.

Ils se levèrent précipitamment, ils avaient hâte de prévenir les autres membres de leur groupe. Céline et Éric accepteraient-ils de les accompagner avec leur bébé et Martine pourrait-elle laisser son magasin ? Paul et Raoul voudraient-ils venir ?

Nanny se surprit à sourire, oui elle adorait l'aventure et puis au fond d'elle ce voyage la fascinait, qu'allaient-ils découvrir ?

CHAPITRE 2

Quelques jours plus tard, ils se retrouvèrent à l'aéroport, très excités par cette nouvelle quête. Tout avait été minutieusement organisé, une personne les conduisit dans un salon privé.

- Ouh là là ! J'ai l'impression d'être une star, murmura Sophie tout sourire à l'oreille de Zoé.

Celle-ci hocha la tête, elle aussi était subjuguée par tout le cérémonial, prenant conscience une nouvelle fois, du statut très particulier d'Amir. Elle regarda autour d'elle. Nanny était en grande conversation avec Céline, Martine, Éric et Paul. Personne n'avait voulu rater une telle expédition à part Raoul qui avait préféré rester, mais il tenait cependant à participer, en les aidant dans leurs recherches si cela s'avérait nécessaire.

Zoé portait GRIMA dans ses bras et Marc avait mis sa petite princesse Miya dans une cage de transport, elle semblait si effrayée par toute cette agitation. Zoé se pencha et avec son index essaya de la rassurer.

Amir leur fit signe de se diriger vers l'avion, toutes les formalités avaient été réglées.

- C'est fou ! C'est tellement simple quand on a de l'argent, chuchota Marc en souriant. Tu sais que c'est mon baptême de l'air. Ne le dis surtout pas à Nanny, mais je n'en mène pas large, conclut-il en lui faisant un clin d'œil.

Le faste de l'avion les laissa bouche bée. Une hôtesse leur fit signe et chacun prit place dans un fauteuil. Zoé s'installa aux côtés de Nanny avec GRIMA sur ses genoux.

- Waouh ! Effectivement, précisa Nanny en souriant, je pense que ce voyage sera moins stressant que je ne le pensais.

Tout en douceur l'avion s'éleva dans les airs, Nanny se tourna alors vers Zoé.

- Bon ! Alors nous t'écoutons.

Zoé observa chacun de ses amis, tous se rapprochèrent. Céline s'installa dans un fauteuil avec Michel qui dormait paisiblement dans ses bras.

Elle soupira longuement en se mordillant les lèvres.

- C'est flou, dit-elle en grimaçant. Je me vois déambuler dans un désert, voilà pourquoi j'avais pensé à Amir, ensuite j'aperçois à moitié enseveli dans le sable un livre. En me penchant, je découvre qu'il s'agit des contes Les Mille et une nuits, plutôt étrange non ?

- C'est tout ? Interrogea Mathieu.

- Non, la suite est surprenante, une brise s'élève soulevant le sable qui le dissimulait en partie, faisant tourner les pages du recueil, à la fin il y a des textes qui s'effacent, je n'ai pas le temps de lire les titres, ils disparaissent comme par magie. Puis le vent devenant de plus en plus fort le sable rend la visibilité impossible. Je mets ma main devant mon visage et je me retrouve dans une pièce richement décorée. Un homme se tient devant un miroir, il s'observe attentivement, mais son reflet est différent, il tend la main et là le miroir se brise en milliers d'éclats qui volent de tous les côtés. Je ferme les yeux pour me protéger, puis quand j'ose de nouveau les ouvrir, j'aperçois une jeune femme à la peau sombre qui marche devant moi, tenant dans la main une lance, nous sommes à priori dans une ville, c'est très animé autour de nous. Je la suis un long moment dans le dédale des rues. Puis tout à coup, je la perds de vue, et là un brouillard apparaît, c'est fini !

- Hum ! Très intéressant, affirma Nanny en regardant Zoé. Nous avons de nombreuses informations. Vois-tu leurs visages ?

- Euh ! Non, effectivement, pour l'homme son reflet est flou, c'est plus ses attitudes que je perçois et cette femme je ne distingue que son dos.

- Pas de panique ! Précisa Nicolas ce n'est que le début, comme à chaque fois, il va falloir attendre. Les pièces du puzzle trouveront leur place au fur et à mesure.

- Ce que je ne comprends pas, c'est la relation avec l'émeraude et la cité d'Ubar, à aucun moment tu ne distingues ce lieu et cette pierre, murmura pensivement Sophie.

- Hum ! Ça dépend, Zoé dit qu'elle déambule dans une ville, c'est peut-être Ubar, suggéra Mathieu.

- C'est étrange j'en conviens, reprit Éric. Je crois qu'il faut juste attendre d'en savoir un peu plus, Nicolas a raison. C'est déjà un bon point de départ. J'ai hâte, dit-il en se frottant les mains, nous allons sûrement visiter le désert.

Céline éclata de rire en voyant sa mine réjouie.

- Il prend goût à l'aventure. Maintenant nous partageons la passion de l'histoire, et tout ça grâce à vous.

- Parce que ce n'est pas aussi barbant que je le pensais. Je voyais cette matière comme une succession de dates, de noms, mais là nous avons toujours un lien avec le présent. Les faits du passé ont un sens. C'est vrai je l'avoue je suis accro, répondit-il en souriant.

Chacun reprit sa place, mais Marc resta près de Nanny.

- À vous maintenant ?

- Quoi moi ? reprit celle-ci en haussant les sourcils.

- Si vous nous disiez comment vous avez connu le père d'Amir ?

Tout le monde se retourna, dans l'attente de sa réponse.

- C'est si vi… Ooooh ! Non ! Ne dis rien Marc ! Le sermonna-t-elle, en mettant son index sous son nez.

Elle soupira longuement.

- J'étais très jeune à peine dix-sept ans, je terminais le lycée, mais déjà passionnée par Nostradamus. Nous étions une famille de gardiens, et un matin un jeune homme s'est présenté chez mes parents, c'était Hamad Ben Khalir il…

- Mon père, la coupa Amir avec un sourire.

- Oui il avait le même intérêt pour ce personnage fascinant et je ne sais pas comment il savait tout sur mes parents. Il connaissait leur rôle, il voulait en apprendre plus. Nous l'avons accueilli chez-nous, pendant tout un été. C'était je crois le cadeau de son père.

- Oui il me l'a expliqué, mon grand-père était connu pour être un homme très dur, très autoritaire. Il savait que son fils devrait assumer une lourde charge, et comme il venait de réussir brillamment des examens, il lui a accordé une pause, un dernier moment de liberté pour faire ce qu'il voulait. Mon père étant fan absolu depuis toujours de Nostradamus c'est tout naturellement qu'il a pris contact avec votre famille. Il en garde de très bons souvenirs, il m'a dit que cela l'avait aidé à supporter toutes les responsabilités écrasantes liées à son règne.

Nanny hocha doucement la tête.

- Hamad, était un rêveur, passionné par le mystère qui entourait Nostradamus, il était très différent de son père. Son enfance avait été très difficile.

- Mon grand-père était un tyran ! Affirma Amir en serrant les mâchoires.

- Pourquoi tu dis ça ? Interrogea Zoé surprise de sa réaction.

- Il réglait tout par la force, il ne connaissait pas le dialogue, la diplomatie. À l'époque il y avait déjà des conflits avec cette fameuse tribu d'Adur à la frontière sud de Koubar. Ce peuple revendiquait la souveraineté du royaume. Mon grand-père n'a pas hésité à attaquer la région massacrant tout sur son passage, le message était clair, celui qui s'oppose à moi, périra.

- Eh bien ! Il ne faisait pas dans la dentelle ton grand-père, précisa Nicolas en le regardant avec attention.

- Il a fait assassiner le couple régnant de la tribu d'Adur, Aïcha et Abdul. Pourtant il s'agissait de sa cousine, à qui il avait imposé cette union, mais cela ne l'a pas arrêté.

- Waouh ! Oh le monstre ! Il était « chelou » ce mec ! S'insurgea Marc.

- Pardon ! Reprit Nanny étonnée, c'est quoi encore ce truc ?

- Euh ! Je veux dire qu'il était craignos ! Je comprends que le père d'Amir ne devait pas le kiffer, il était resté coincé au moyen-âge, le gars.

Nanny l'observa un long moment la bouche ouverte.

- Si ça continue il va me falloir un décodeur, je jette l'éponge, tu me désespères.

Marc et ses amis éclatèrent de rire. Zoé se tourna subitement vers Amir, l'air horrifié.

- Attends ! Tu veux dire qu'il a fait exécuter sa propre cousine ? Ton père n'a pas pu l'empêcher ?

- Il n'avait aucun pouvoir, il n'était pas au courant de ses intentions, ce crime l'a horrifié. À cette époque-là, il voyageait beaucoup à travers le monde pour faire connaître notre pays, ses richesses, sa culture. Mon grand-père lui reprochait d'être trop à l'écoute du peuple et l'écartait de toutes les décisions. Comme tous les despotes, il voulait régner seul, c'était un véritable tyran, qui n'hésitait pas à faire couler le sang.

- Il était flippant ! Quand tu dis qu'il avait imposé cette union, cela signifie que cette pauvre fille a fait un mariage forcé ? Insista Sophie outrée.

- Cela se faisait beaucoup à l'époque, pour aplanir des difficultés, renforcer des alliances. Il n'y avait rien de choquant, c'était plutôt courant. Heureusement de nos jours cela n'existe pratiquement plus, Affirma Nanny avec un doux sourire.

- Heu ! Nanny vous voulez dire que l'on peut trouver encore ce genre de mariages ?

- Plus chez nous, confirma Amir. À la mort de mon grand-père, peu après ces tristes évènements, c'est mon père qui est devenu le souverain de Koubar. Il a tout fait pour réparer les torts. Il avait appris qu'Aïcha et Abdul avaient des jumeaux à peine âgés d'un an, Naïm et Noam, ils avaient été rejetés par leur tribu et vivaient dans la misère avec leur grand-mère. Ils furent accueillis tous les trois au palais. Mon père a voulu leur offrir la même éducation qu'à ses propres enfants. Aujourd'hui c'est mon frère Ayoub qui règne et il est secondé par Naïm, ils ont le même âge. Son jumeau Noam est passionné d'histoire, il travaille comme professeur à l'université de Koubar.

- Oh ! C'était très généreux de la part de ton père, murmura Zoé émue.

- C'est un homme bon, précisa Nanny en souriant tendrement. Il n'avait qu'un objectif, apporter la paix dans son royaume, il voulait l'aider à évoluer du mieux qu'il pouvait.

- Oui c'est vrai, il a bâti la prospérité de Koubar grâce à la richesse de son sol. Il a créé des écoles, des universités, des hôpitaux, même dans les régions les plus reculées. Mais il s'est toujours heurté à cette haine ancestrale, basée sur la légitimité du royaume.

- C'est fou ! Qu'une histoire aussi ancienne perdure, s'étonna Marc.

- Je ne vois pas pourquoi ? Regarde chez-vous, c'est la même chose avec l'Alsace, la revendication de cette région est à l'origine de bien des conflits. De même que Chypre ou cette enclave au Maroc appartenant à l'Espagne et j'en passe. Partout dans le monde on trouve des cas similaires. Nous ne faisons pas exception, Adur veut son indépendance, à défaut de conquérir tout le royaume. Vous devez savoir que son sous-sol renferme de grandes richesses, nous ne pouvons pas l'accepter, et de toute façon, elle fait partie intégrante de Koubar, il n'est pas question de morceler notre état.

Amir regarda tous ses amis avec gravité.

- Il y a deux ans mon père a fait une crise cardiaque. C'est à ce moment-là, qu'il a cédé le trône à mon frère Ayoub. Nous espérions que le fait que Naïm le seconde permettrait d'apaiser les tensions, mais hélas ! Cela n'a rien changé. Il y a de nombreuses attaques dans cette région, des terroristes s'y cachent faisant régner la terreur, et rendant impossible l'extraction du gaz que renferme le sol. Heureusement jusqu'à ce jour il n'y a eu aucune victime, juste des dégâts matériels, mais la tension est extrême.

- Waouh ! Une situation explosive. Je comprends mieux pourquoi ton père veut retrouver la preuve de sa légitimité, précisa Zoé.

- Oui c'est une affaire épineuse, et une mission délicate, nous devrons nous montrer discrets sur les raisons de notre venue, affirma Nanny. Amir nous ferons notre possible pour aider ta famille à régner en paix.

Celui-ci serra les mains de Nanny pour la remercier, son regard exprimait toute son émotion.

- Vous savez le nom de Ben Khalir est associé au mot tyran. On détruit très vite une réputation et malgré tout le bien qu'a fait mon père et le travail de mon frère, la confiance met du temps à revenir. Nous voulons tourner notre pays vers le modernisme, l'éducation, la paix, mais cette vieille histoire c'est comme un boulet qui nous entrave. Les anciens ont beaucoup de pouvoir ils jouent sur ce vieux conflit pour bloquer toutes les décisions, retarder tous les projets d'avancements. Il faut que cela cesse pour le bien de mon peuple.

Zoé caressa GRIMA couché en boule sur ses genoux.

- Dis donc, c'est une sacrée aventure qui nous attend. Nous devons mettre fin à ces hostilités, et si nous n'y arrivons pas ?

GRIMA releva la tête, la fixant de son beau regard vert. Il lui insufflait la confiance, sa force. Elle se surprit à sourire. À chaque fois elle avait l'impression d'un échange muet entre eux, il la comprenait si bien.

- Nous réussirons, j'en suis persuadée et GRIMA aussi en est convaincu, affirma-t-elle en regardant ses amis.

Amir fut touché par la volonté de ses amis de l'aider.

- Au fait Nanny, vous avez donc le même âge que le père d'Amir ? Demanda Marc en plissant les yeux.

Nanny se mit à rougir ce qui fit sourire tout le groupe.

- Oui c'est vrai. Hamad était assez âgé quand il s'est marié, ce qui explique que ses enfants soient beaucoup plus jeunes.

- Cela a dû être une belle aventure d'avoir un jeune homme qui partageait la même passion sous votre toit, insista-t-il d'un air innocent en penchant la tête.

- Tu sous-entends quoi ? Rétorqua Nanny en fronçant les sourcils.

- Oh rien ! Murmura-t-il en l'observant.

- Mon père m'a dit qu'il avait adoré vivre chez vous Nanny. Et s'il s'est marié si tard c'est par obligation. Une jeune femme avait pris son cœur, il n'a jamais pu l'oublier. C'est par devoir qu'il a épousé ma mère, il ne s'en est jamais caché, c'était un mariage de raison.

- Quoi ! Encore une de ces unions arrangées ? Reprit choquée Sophie.

- Oui une alliance politique organisée par mon grand-père, mais mon père n'a eu qu'un seul amour dans sa vie, conclut-il en fixant intensément Nanny.

- Hum ! C'est vrai, soupira-t-elle tristement, nous étions attirés l'un par l'autre, mais nous savions que notre histoire était vouée à l'échec. Nous avions à peine dix-sept ans, nous étions si jeunes, si passionnés, on venait de deux mondes différents. Il avait été élevé dans le respect des règles très nombreuses et très lourdes. Le protocole était très strict et Hamad était quelqu'un qui connaissait ses responsabilités, son devoir. Peu après son départ, j'ai rencontré le grand-père de Nicolas, et nous avons été heureux. Hamad restait un très beau souvenir au fond de mon cœur.

- Un protocole ? Reprit éberlué Marc.

- Oui ce sont toutes les règles de bienséance à respecter en présence d'un membre de la famille royale par exemple, et eux sont tenus de suivre des obligations, des devoirs. Tu sais leur sort n'est pas enviable, cela fait rêver de l'extérieur, mais c'est une vie surexposée, le moindre faux pas peut avoir de lourdes conséquences.

- Waouh ! Ce n'est pas si cool, en fait ils ne sont pas libres, confirma Martine stupéfaite.

- C'est la rançon de la gloire, répliqua Nanny avec dans le regard une gravité inhabituelle.

- Oh ! C'est triste ça, un amour impossible, murmura Sophie émue.

- Grand-mère, je ne savais pas tout ça, précisa Nicolas en mettant sa main sur la sienne.

Nanny lui caressa la joue.

- Je ne regrette rien, la vie est ainsi, et puis j'ai été heureuse avec ton grand-père.

- Vous êtes restée en contact avec lui toutes ces années ? Demanda Céline doucement.

- Non ! C'était trop difficile, dit-elle en s'humectant les lèvres. Mon mari, est mort il y a cinq ans, et la femme d'Hamad est décédée il y a deux ans. Peu de temps après il s'est manifesté et depuis nous communiquons par téléphone, nous ne nous sommes jamais revus, avoua-t-elle avec un doux sourire.

- Mais pourquoi Grand-mère ?

- C'est… c'est difficile, il se souvient de la jeune fille que j'étais, je crois que j'avais peur de le décevoir, chuchota-t-elle tristement.

Zoé enlaça ses épaules émue par ses craintes.

- Peut-être que le destin sera plus clément pour vous deux. C'est tellement beau un amour qui perdure à travers le temps, qui résiste à la séparation, fit remarquer Sophie en mettant les mains sur son cœur.

- C'est trop tard maintenant, soupira Nanny il ne reste qu'une belle et grande amitié. Nous sommes bien trop vieux. Nous avons passé l'âge des folles passions.

- Ah ! Je ne savais pas que l'amour avait une date de péremption ? C'est un truc de ouf ! Quand même, Ironisa gentiment Marc.

- Un truc de ouf ! Répéta Nanny en fronçant les sourcils ça sort d'où ça encore ?

- Euh ! Je voulais dire c'est fou !

- Eh bien alors pourquoi inverser les lettres ? Je ne vois pas l'intérêt, insista-t-elle en le fixant intensément.

- C'est une histoire de génération Nanny, il faut être jeune pour comprendre.

- Oh ! Mais nous aussi nous avions nos expressions quand j'avais vingt ans.

- Ah bon ! Lesquelles ? Et c'était dans les années… cinquante ?

- Hum ! L'interrompit Nanny.

- Euh ! Soix…ante ?

- Ooooh ! Et Pourquoi pas pendant la préhistoire avec les Cro-Magnon pendant que tu y es.

- Alors début des années quatre-vingt ?

- Ah ! Enfin une lumière au bout du tunnel, décidément, tu ne m'épargnes pas.

Les autres pouffèrent de rire devant l'air gêné de Marc.

- Oui, mais c'est quand même du siècle dernier, quand on y pense, conclut-il avec un sourire en coin.

- Bon ! Vous avez fini de vous moquer d'une vieille dame, dit-elle d'un air faussement offusqué. De toute façon tout ça c'est si vieux, n'y pensons plus.

- D'abord vous n'êtes pas si âgée, précisa Zoé et puis qui sait ce que l'avenir réserve. Vous savez Nanny je crois que les sentiments nous les ressentons jusqu'à notre dernier souffle. L'amour en fait partie, de quel droit devrait-on s'arrêter d'aimer ? Autant mourir, si ce n'est pour ne plus rien ressentir. C'est une question d'alchimie qui n'a aucun rapport avec l'âge. Pour vous à l'époque ce n'était pas le bon timing c'est tout, mais les choses changent.

Amir souriait en regardant l'air hébété de Nanny.

- Vous avez fini vos sottises. D'abord nous avons une mission à accomplir, ne l'oubliez pas, reprit-elle troublée par leurs propos

- Zoé a raison ce voyage vous surprendra peut-être plus que vous ne le croyez Nanny, et puis je pense que mon père a le droit au bonheur comme vous et comme chacun d'entre nous. Inch'Allah.

CHAPITRE 3

L'avion commença sa descente, Zoé et ses amis survolèrent l'immensité du désert, ils s'extasièrent en admirant sa couleur ocre sous les rayons du soleil, comme de l'or liquide à perte de vue. Zoé se tourna vers Amir, elle pointa du doigt des montagnes verdoyantes à l'horizon.

- Oh ! Mais je croyais qu'il n'y avait qu'un désert.

Amir pouffa de rire.

- Mon pays est connu pour sa beauté, outre le désert, nous avons énormément de sources, des wadis ce qui explique cette magnifique végétation que nous préservons.

- C'est quoi des wadis ? Demanda avec curiosité Sophie.

- Ce sont les joyaux de notre sultanat, notre trésor national. Il s'agit d'oasis nichées dans de profonds canyons et agrémentées de magnifiques palmeraies. On y trouve aussi des bassins naturels d'une incroyable couleur turquoise. Je vous en ferai découvrir, nous irons nous baigner.

- Ah ! C'est autorisé, ce n'est pas réservé pour alimenter en eau la ville.

Amir sourit devant leur étonnement.

- Non ! Je crois que vous allez adorer mon pays, il est magique.

- Ce qu'on aperçoit est déjà sublime, murmura Céline avec enthousiasme.

- J'ai hâte de visiter tous ces sites fabuleux, insista Éric en berçant son fils Michel.

Marc se pencha vers Nanny l'air inquiet, il se mordilla les lèvres.

- J'ai potassé cette histoire de protocole, vous savez que lorsqu'on est invité à la table de la reine d'Angleterre, même si on meurt de faim on doit s'arrêter dès qu'elle pose ses couverts ? Et le soir on doit attendre qu'elle aille se coucher pour pouvoir y aller aussi. Vous croyez que… vous croyez que leur protocole est aussi lourd ?

Nanny pouffa de rire discrètement, devant l'air effaré de Marc.

- Hum ! Alors c'est une chance que la reine d'Angleterre ne nous convie pas, toi qui es toujours affamé, tu dépérirais. Cesse de t'inquiéter Marc, tu verras bien.

Amir qui avait tout entendu, s'approcha doucement et mit sa main sur son épaule.

- Nous ne voulons pas que tu te sentes gêné, notre but est au contraire de bien t'accueillir. Oui il existe un protocole, mais beaucoup plus souple, surtout depuis que mon père a quitté ses fonctions officielles.

- Oui, mais…. Je ne connais rien aux couverts qu'on doit utiliser à table, quel verre il faut prendre, le bon moment pour commencer à manger, tu vois tout ce… protocole.

- Eh ! Pas de panique, il te suffira de regarder les autres faire, si tu veux tu resteras à mes côtés, je te montrerai discrètement, d'accord ?

Marc se sentit un peu soulagé, il comprenait ce qu'avait voulu dire Nanny en parlant de deux mondes différents. Lui qui avait grandi dans des foyers avait trouvé auprès de Nanny une stabilité, découvert l'art de la bienséance, mais il avait encore de grosses lacunes. GRIMA lui faisait vivre des aventures incroyables, il rencontrait des personnes à des années-lumière de sa vie précédente, et il adorait cela.

Le personnel s'affaira et la tension monta d'un cran. Zoé aperçut un tapis rouge déroulé, au bout duquel se tenait un homme très grand, il avait les cheveux blancs portait une tenue traditionnelle bordée de liserés d'or, tout semblait indiquer qu'il s'agissait du père d'Amir.

- Waouh ! C'est ton père ? interrogea-t-elle en se tournant vers Amir.

Avec fierté celui-ci lui sourit.

- Oui il porte la dishdasha brodée d'or. Sur la tête c'est le keffieh retenu par l'agal.

- Dis donc, c'est magnifique, reprit Sophie admirative, je me sens vraiment dans un autre univers, et c'est quoi le petit bonnet que porte les hommes derrière lui ?

- Oh ! Ça c'est le Kouma, les jeunes préfèrent en général le porter, une question de mode.

Amir se tourna vers Zoé qui fronçait les sourcils.

- Il y a un problème ?

- Euh ! Je suis surprise, il a l'air si grand, à moins que ce soit juste une impression, mais par rapport aux autres, on dirait…

- Non ce n'est pas une illusion, la coupa Amir, mon père Hamad, mon frère Ayoub et mes cousins Naïm et Noam, atteignent les deux mètres. Vous les rencontrerez ce soir au moment du diner.

- Quoi ! C'est une équipe de basket, se moqua gentiment Mathieu. Comment se fait-il que tu sois si petit ?

- Eh ! D'abord je ne le suis pas, je mesure un mètre quatre-vingt-huit, ce n'est déjà pas si mal.

- Ma pauvre Zoé on ne va plus te retrouver, toi qui es si minuscule, plaisanta Mathieu.

Elle lui jeta un regard furibond qui le fit rire.

- Ce n'est pas la taille qui compte.

- C'est bien vrai, répliqua Nanny amusée, et puis tout ce qui est petit est mignon, conclut-elle en lui faisant un clin d'œil.

Zoé amusée se tourna vers Mathieu et lui tira la langue, ce qui fit pouffer de rire ses amis.

- Oh ! Mon Dieu, et dire qu'il nous fait venir car il pense que vous êtes des étudiants surdoués dans tous les domaines, des petits génies de l'histoire et des mystères. On dirait juste une bande d'ados en vacances, soupira Nanny.

Zoé tout sourire reporta alors son regard sur sa vieille amie, mais celle-ci fixait avec attention le roi H amad, elle semblait terriblement émue.

- Un dernier conseil précisa Amir avec sérieux, vous devez vous incliner légèrement devant mon père, et surtout ne le touchez pas. Il faudra aussi attendre qu'il vous adresse la parole pour répondre.

- Ça y est je me sens hyper mal, je ventile, geignit Marc, le protocole commence, cela m'angoisse.

- Tout ira bien, nous sommes avec toi, le rassura Céline en lui tapotant le dos.

Nanny descendit la première accompagnée par Amir qui l'aidait. Céline, Zoé, Martine et Sophie, suivirent, précédant les garçons.

Le souverain s'approcha rapidement semblant faire fi d'un certain protocole, il s'arrêta devant Nanny l'observa un long moment dans un grand silence, puis il tendit les mains et s'empara de celles de Nanny.

- J'ai toujours rêvé de te voir un jour fouler le sol de mon pays, dit-il en souriant tendrement. Je remercie Allah d'un tel cadeau. Tu es encore plus belle que dans mes souvenirs.

Nanny se mit à rougir sous les compliments. Le roi se tourna alors vers Zoé et ses amis, celle-ci tenait dans ses bras GRIMA. Ils se penchèrent tous respectueusement devant lui.

- Et voici donc nos célèbres aventuriers.

Il caressa GRIMA qui se mit à ronronner de plaisir. Le souverain Hamad éclata de rire.

- Il sait qui je suis. Si vous saviez à quel point je suis heureux, c'est un grand honneur que de vous recevoir chez nous.

Sophie allait le remercier à son tour, quand elle reçut un léger coup de coude de la part de Nicolas, qui lui intima le silence.

Le roi se tourna vers Amir qu'il prit dans ses bras lui parlant dans leur langue, celui-ci sourit. Il observa Nanny avec douceur.

- Mon père me remerciait d'avoir réussi l'exploit de vous faire venir ici, il sait à quel point vous aimez votre sédentarité.

Nanny pouffa de rire.

- Venez ! Il commence à faire très chaud, et je suppose que vous devez avoir hâte de vous reposer.

Un personnel discret leur indiqua les limousines garées à proximité. Tout était démesuré, la ville avec ses tours immenses qui dominaient les alentours, elles étaient le symbole de la puissance de ce royaume, les voitures luxueuses qu'ils croisaient et ce palais d'une blancheur immaculée, adossé à la colline, les laissa bouche bée.

- Waouh ! J'ai déjà l'impression d'être dans un conte des Mille et une nuits, murmura Sophie à l'oreille de Zoé.

Des hommes portant la tenue traditionnelle s'affairèrent autour d'eux, se chargeant de leurs bagages.

- Voici votre chambre, indiqua une jeune fille dans un français impeccable en se tournant vers Marc. Celui-ci intimidé, se mit à rougir en pénétrant dans la pièce, il ressortit presque immédiatement créant l'étonnement chez ses amis.

- Oh ! Euh ! C'est juste un salon très spacieux, il doit y avoir une erreur, à moins que le canapé soit convertible.

Le roi Hamad qui se tenait aux côtés de Nanny s'approcha doucement.

- Venez, mon jeune ami, il s'agit d'une suite, votre chambre se trouve derrière cette porte, précisa-t-il en lui montrant le fond de la pièce.

Marc s'empourpra un peu plus, il secoua la tête d'un air malheureux.

- Eh ! Marc ce n'est pas grave, Nanny se tourna vers le roi en souriant tendrement. Marc est mal à l'aise, ce monde n'est pas le sien. Cela ne te rappelle rien Hamad ?

Celui-ci partit d'un grand éclat de rire.

- Clarie, a raison, je m'en souviens très bien. Moi aussi j'ai connu ce choc des cultures, quand je suis arrivé chez elle. Je ne savais pas prendre un bus, j'étais incapable de me débrouiller par moi-même. Tu sais Marc j'avais tellement l'habitude qu'on fasse tout à ma place que je me sentais perdu. Alors je comprends très bien ton désarroi et c'est normal. Quand on sort de sa zone de confort on se sent toujours intimidé et affolé, mais au final c'est enrichissant. Tu t'y feras très vite, tu verras et je suis certain que tu apprécieras cette nouvelle aventure.

Marc prit une grande respiration.

- Merci je suis désolé, j'appréhende tellement de faire une gaffe de protocole.

- Maaaarc ! s'indigna Nanny devant ce terme peu correct.

- Ce n'est pas grave et entre nous j'ai dû en commettre pas mal des… erreurs de protocole, rétorqua le roi en lui tapotant l'épaule.

- Bon ! Nous allons vous laisser vous installer, Clarie et moi avons beaucoup de temps à rattraper.

- Claaarie ! Reprit Nicolas en faisant de gros yeux à sa grand-mère.

Celle-ci rougit en baissant la tête.

- C'était le surnom qu'Hamad me donnait quand nous étions jeunes.

- Votre grand-mère était si impétueuse, si pleine de vie. Claire était un prénom bien trop banal, trop sage. Je trouvais qu'il lui fallait quelque chose de plus original qui lui ressemblait.

- Nanny est l'âme de notre équipe, répliqua Zoé en la regardant, sans elle nous ne serions pas là.

Tout le groupe approuva en hochant la tête.

- Cela ne me surprend pas, elle est unique et précieuse, précisa le roi Hamad en prenant le bras de Nanny pour s'éloigner.

- Venez voir c'est une tuerie cette chambre, on pourrait y mettre quatre fois mon appartement, affirma joyeusement Marc en entraînant tout le groupe dans sa suite.

- Waouh ! Amir je n'ai jamais rien vu d'aussi beau, nous sommes reçus comme des rois. J'ai l'impression d'être en vacances.

- Oui mais n'oublions pas que nous avons une mission à accomplir rappela Zoé en caressant GRIMA lové dans ses bras.

- Mon père pense que vous devez vous acclimater à la chaleur avant. Nous nous rendrons sur le site de la cité perdue d'Ubar dans deux jours, en attendant, nous sommes vraiment en vacances, déclara-t-il avec un grand sourire.

- Oh ! Yeees ! S'exclama joyeusement Mathieu.

- C'est vrai qu'il fait chaud, soupira Sophie en s'éventant avec sa main. Elle se tourna vers Céline et Éric qui admiraient la suite. Comment va le bébé ?

Céline eut un doux sourire en regardant Michel qui babillait dans ses bras.

- Très bien je dois dire que j'appréhendais ce voyage.

- Ces vacances vont nous faire du bien, nous avions besoin d'une pause, précisa Éric en caressant tendrement la tête du bébé.

Une jeune femme s'approcha doucement.

- Je me présente je suis Maryam, le roi m'a demandé de vous servir et de satisfaire le moindre de vos désirs. Nous avons arrangé une nurserie pour votre bébé et une nourrice sera là pour s'en occuper, afin que vous puissiez profiter pleinement de votre séjour, indiqua-t-elle en s'inclinant respectueusement.

- Génial ! Murmura Éric, grand merci, Maryam, c'est tellement gentil de votre part.

L'employée leur fit signe de la suivre et chacun se dirigea vers sa suite.

Le soir venu, on toqua à la porte de Zoé, c'était Amir qui venait la chercher pour le repas. Elle l'entraîna sur la terrasse.

- Regarde Amir, s'extasia-t-elle en ouvrant grand les bras, je vois d'ici le désert et ce coucher de soleil semble enflammer le sable, c'est magique. J'adore ton pays, je n'ai jamais rien vu d'aussi beau.

Amir fut ému en voyant l'enthousiasme de Zoé, il était heureux de faire découvrir son royaume à ses amis.

- Zoé ce sultanat mérite de vivre en paix, de connaître la prospérité, j'espère que nous réussirons cette mission, mais maintenant j'aimerais te présenter mon frère, mes cousins et quelqu'un de très important à mes yeux Wassim.

- Oh ! Nous allons rencontrer le sultan…souverain… roi, comment doit-on dire Amir ?

- En réalité c'est un sultan, mais on l'appelle votre altesse.

- Oh là, là ! Marc va nous faire un malaise, précisa-t-elle en souriant, il va rencontrer une altesse. À mon avis il a dû passer l'après-midi à apprendre les règles du protocole.

Amir se mit à rire.

- Je resterai à ses côtés.

- Tu as dit un personnage très important un certain Wassim, pourquoi ?

- C'est un membre de ma famille, il a été élevé avec mon père, ils sont très proches. C'est une pratique courante chez nous, quand un enfant se retrouve orphelin, sa famille en prend soin. Il est devenu professeur, en fait, il était un peu notre précepteur, veillant à notre éducation, comme un oncle attentif et bienveillant, tu verras tu vas l'adorer. Vous avez beaucoup de points communs et il a hâte de te rencontrer.

- Oh ! D'accord, je dois laisser GRIMA ici ? Interrogea-t-elle en se baissant pour le caresser.

Celui-ci l'observait d'un regard vert intense et lumineux.

- Absolument pas ! Il te suivra partout, mon père est fasciné par lui et il a donné des ordres très précis.

- Attention GRIMA surtout ne me fais pas honte, nous allons dans le grand monde, il faut respecter le protocole.

GRIMA fit une roulade, offrant son ventre aux caresses.

- Si tu commences comme ça tu vas tous les charmer, affirma Zoé en pouffant de rire. Elle se releva et suivit Amir.

Le luxe du palais époustoufla Zoé tout était fabuleux, les tableaux, les riches décorations, les tapis et les mosaïques colorées. Ils arrivèrent dans un grand salon. Le roi Hamad était en pleine discussion avec Nanny, Céline et Éric. À ses côtés se tenait un homme d'une taille impressionnante qui ressemblait beaucoup à Amir.

- C'est mon frère Ayoub.

- Oh ! Plutôt intimidant et c'est fou les jumeaux sont identiques, je n'en reviens pas, il n'y a que la tenue qui diffère.

- Oui Ayoub et Naïm s'habillent à l'européenne, tandis que son frère Noam qui est professeur à l'université préfère la tenue traditionnelle.

- Et toi Amir ?

- Cela dépend, j'aime bien être habillé comme vous, mais j'avoue que dans le désert j'aime retrouver mes racines.

- Comme un conquérant, un bédouin en harmonie avec son milieu, murmura Sophie qui venait de s'approcher avec Nicolas, Mathieu et Marc.

- Où est Miya ? Demanda Zoé en regardant autour d'eux.

- Maryam s'en occupe, elle la caressait quand j'ai quitté la chambre. Elle va devenir capricieuse, on la traite comme une princesse, dit-il en riant.

Le roi Hamad leur fit signe de s'approcher et les présenta un par un. Zoé se sentait nerveuse. Elle remarqua l'air méprisant de Naïm et perçut une forme d'hostilité sans en comprendre la raison. Noam son jumeau semblait lui beaucoup plus souriant, mais son regard restait froid. Le frère d'Amir, les observa un long moment.

- Je ne saisis pas bien la volonté de mon père de retrouver une vieille tablette, je n'en vois pas l'intérêt, c'est une mission impossible. Cependant considérez-vous comme nos invités, profitez bien de vos vacances, précisa le prince Ayoub.

Céline fronça les sourcils devant cet accueil mitigé. Amir se retourna alors vers une personne qui venait d'entrer.

- Ah ! Voici Wassim.

C'était un homme très grand, qui avait autant de prestance que le roi Hamad. Il s'approcha vivement d'eux et les salua avec un grand sourire. Il resta un long moment devant Zoé puis se pencha vers GRIMA.

- C'est un grand honneur, dit-il en le caressant. Je sens que nous allons vivre une aventure incroyable.

- Je ne comprends pas ta passion pour le passé Wassim, précisa Ayoub en secouant la tête.

- Ton altesse, tu vas découvrir l'importance que peut avoir l'histoire dans notre existence. Attends-toi à vivre quelque chose d'exceptionnel, qui changera ta vie, j'en suis certain.

CHAPITRE 4

Lorsqu'on les invita à rejoindre la pièce attenante, ils restèrent bouche bée devant tant de faste.

Le roi Hamad s'installa au bout de la table avec à sa droite Nanny, Céline, Martine, Éric, Paul, Mathieu, Sophie et Nicolas. À sa gauche se tenait le prince régnant Ayoub, puis les jumeaux Naïm et Noam, le vieux professeur Wassim, prit place près de Zoé qui avait à sa droite Marc. Comme promis Amir se mit à côté de lui.

Marc se pencha discrètement vers Zoé.

- Dis donc leur vaisselle est drôlement brillante, c'est quoi ?

- Peut-être du vermeil, répondit-elle admirative.

- De l'or ! Répliqua Wassim en souriant, vous êtes à la table du roi Hamad.

- De …de l'or, oh ! Là, là j'ai déjà mal au ventre, murmura Marc qui blêmit en regardant son assiette.

Zoé sourit en mettant sa main sur la sienne pour le rassurer, au même moment GRIMA sauta sur ses genoux, gênée elle essaya de le repousser, mais Wassim intervint.

- Laissez-le donc, après tout c'est grâce à lui si nous avons en notre possession l'œil d'Ubar le Aleayn Ubar et j'espère que nous retrouverons la tablette prouvant notre légitimité sur ce royaume.

- Oui, mais, ce n'est pas très correct, je ne comprends pas ce qui lui prend, d'habitude il ne fait pas cela.

- Il sait que nous allons aborder des sujets importants, je suppose qu'il ne veut pas en perdre une miette, précisa avec indulgence Wassim

Zoé appréciait cet homme, il avait une douceur dans le regard et surtout ils partageaient la même passion pour les mystères du passé.

Le repas commença et les plats défilèrent, ils étaient tous plus délicieux les uns que les autres, Marc commença enfin à se détendre. Au moment du dessert, Nanny prit la parole.

- Pourquoi roi Hamad avoir voulu notre présence, Je pensais que l'œil d'Ubar suffisait pour retrouver la tablette disparue ?

Il lui sourit tendrement.

- Outre le fait d'avoir l'immense plaisir de te revoir, je dois vous avouer mes amis, que nous n'avons aucune idée de la façon d'utiliser cette émeraude afin de la récupérer, et c'est là que vous intervenez.

- Ce ne sont que de jeunes étudiants père, affirma sceptique le prince Ayoub.

- Tu te trompes Ayoub, ce sont de jeunes aventuriers talentueux, ils sont dotés d'un pouvoir incroyable.

- Encore ton fameux Nostradamus.

- Ne te moque pas, mon fils, tu vas je l'espère apprendre des choses surprenantes, qui feront peut-être de toi un grand roi. Tu es tourné vers le futur, mais on ne doit jamais rejeter son passé, ils sont intimement liés, et j'espère que Zoé te le prouvera, n'est-ce pas Wassim ?

- Oui, Le roi Hamad a raison, mon prince. Cette jeune fille et ses amis ont un don stupéfiant, et un chat fascinant.

- Ils s'appuient sur de vieilles légendes et des croyances d'un autre âge, répliqua méprisant Noam, le professeur d'université.

Un grand silence si fit autour de la table, sur ses genoux GRIMA gronda doucement. Zoé le caressa en se mordillant les lèvres.

- Il m'a enseigné une leçon essentielle, les légendes comme vous dites, ont bien souvent une part de vérité, il ne faut jamais les mépriser mais plutôt faire l'effort de les comprendre, elles peuvent cacher bien des secrets, répondit doucement Zoé.

Noam partit d'un rire moqueur.

- Je vois, vous allez être déçue si vous vous attendez à voir le fameux tapis volant dans le désert. Enfin cela vous fera des vacances, conclut-il d'un air arrogant.

- Noam ! Tu manques de respect à nos invités, répliqua le roi Hamad furieux.

Zoé leva la main avant de continuer.

- Ce n'est pas grave nous avons l'habitude de susciter le scepticisme. J'aimerais en apprendre un peu plus sur Ubar.

- C'est vrai ! Je ne comprends pas, reprit Céline, j'ai lu que vous aviez identifié l'emplacement de cette cité perdue, donc où est le problème ?

- C'est une longue histoire reprit Wassim. Dans les archives d'Ebla nous avons trouvé des tablettes évoquant l'existence Ubar ou Iram son autre appellation. Avant cette découverte, les seules traces de cette cité apparaissaient dans le Coran ou dans des contes, beaucoup d'archéologues ne croyaient pas à son existence. En mille neuf cent quatre-vingt-quatre la NASA a pris des photos qui ont mis en évidence les routes de l'encens et des villes disparues. L'une d'elles, nous intéresse particulièrement elle est située à l'extrémité d'Oman dans la province du Dhofar ce serait Ubar ou Iram.

- Pourquoi deux noms ? Intervint intriguée Martine.

- Iram à pour épithète « celles des piliers » et Imad est traduit dans le sens de colonnes. Il faut savoir que cette cité perdue est aussi appelée la cité aux mille colonnes, vous comprenez maintenant les différentes appellations.

- Fadaise ! Rétorqua moqueur Noam. Ces colonnes ne seraient en fait que les piquets de bois des tentes. Ubar était une ville à la croisée des routes chamelières, de nombreuses caravanes de chameaux y passaient et à la périphérie de la cité les marchands installaient leurs campements. Cela représentait une nuée de piquets, ce qui explique l'origine de son nom, c'est tout. Il n'y a aucun mystère.

- Tu dis n'importe quoi, répliqua vexé Wassim. Mes amis je dois vous avouer que depuis des années nous nous opposons sur ce sujet.

- Je me base sur des faits concrets, pas sur des histoires de vieilles femmes.

- Et c'est un tort ! Le Coran décrit cette cité comme étant l'une des plus belles, sa richesse était éblouissante. On en parle de la même façon dans deux contes des Mille et une nuits. Ils affirment que les colonnes étaient toutes recouvertes d'or et d'argent, personne n'avait jamais vu quelque chose d'aussi beau.

- Je respecte le Coran qui met l'accent sur la magnificence des lieux, mais ces deux contes que tu évoques, sont des récits pour les enfants, répliqua méprisant Noam.

Zoé se tourna vers Wassim.

- Les contes des Mille et une nuits ! C'est étrange justement je ne cesse de rêver de ce livre.

- Je crois que vous débutez bien mal vos recherches. Si vous vous mettez à croire à ces légendes, répliqua Noam.

- Tu oublies un peu vite que pendant des siècles les archéologues se moquaient de l'existence d'Ubar et qu'il a fallu la persistance d'un archéologue amateur Nicholas Clapp qui en mille neuf cent quatre-vingt-douze arriva à la situer sur l'un des points d'eau de la route de l'encens, qui vont des montagnes d'Oman jusqu'aux puissantes cités du Nord. Car voyez-vous cette ville était connue pour son immense richesse mais aussi pour son système d'irrigation incroyable, elle était verdoyante.

- Ce qui a provoqué sa perte, elle a disparu dans une immense doline, précisa Noam.

- Cette cité figure aussi dans le Coran, intervint Naïm en regardant son frère d'un regard peu amène.

- Je me base sur des preuves tu le sais très bien, je ne critique rien, je constate.

- C'est quoi une doline ? Demanda Nicolas intrigué.

- Imaginez qu'il y ait une immense nappe phréatique sur laquelle repose du calcaire et par-dessus des tonnes de sable. Ubar était une des plus belles cités, précisa le roi Hamad, donc beaucoup de constructions en surface, et nous savons que l'eau était utilisée en grande quantité pour entretenir cette luxuriante végétation. Certains pensent que la nappe une fois épuisée ou fortement diminuée provoqua la rupture du calcaire qui s'effondra entraînant dans un immense nuage de sable la cité d'Ubar. Elle fut donc ensevelie à jamais, enfin du moins jusqu'à ce jour. C'est ce phénomène qui s'appelle une doline. Mais il y a une autre version celle du Coran que Wassim va vous conter mieux que moi et à laquelle nous sommes très attachés. Nous appelons aussi cette localité l'Atlantis des sables.

- Rien que le nom cela fait rêver, affirma en souriant Éric.

Wassim hocha la tête et reprit.

- Ubar fut bâtie par la tribu de Aad, il s'agissait des descendants de Noé.

- Comme ceux de l'arche ? Le coupa Marc.

- Exactement. C'était un peuple incroyable ils avaient la peau blanche, portaient de longues barbes et surtout on parle de géants…

- Des géants ! Reprirent en chœur Zoé et ses amis.

- Oui insista-t-il en souriant. Ils pratiquaient aussi la magie, les sciences occultes. Ils croyaient en plusieurs dieux, et leur cité attisait toutes les jalousies. Ils s'adonnaient à la luxure et à tous les plaisirs. Ce qui provoqua la colère d'Allah qui envoya un prophète Houd pour les mettre en garde, leur demandant de n'en vénérer qu'un, lui ! Et de redevenir un peuple croyant et humble. Sinon sa colère s'abattrait sur eux en pétrifiant à jamais le peuple irrespectueux et en faisant disparaître la cité dans un nuage de sable.

- Et que s'est-il passé ? Demanda Zoé fascinée.

- Le roi d'Ubar se moqua de ces mises en garde, un vent se leva, il tournoya violemment, recouvrant entièrement la cité d'Ubar. Il souffla pendant sept jours et sept nuits conformément à ce qu'avait dit le prophète Houd. Quand le vent s'arrêta la cité d'Ubar et tous ses habitants avaient disparu.

- Tous ? Interrogea la bouche grande ouverte Sophie.

- Waouh ! C'est puissant leur truc, murmura Marc.

Wassim hocha la tête.

- Oh ! Cela me rappelle un passage de la Bible, Sodome et Gomorrhe, affirma Nanny en souriant.

- Exact ! confirma Wassim nous retrouvons des histoires similaires.

- C'est quoi Sodome et Gomorrhe ? Demanda Marc en fronçant les sourcils. Cela me fait penser à Godzilla, on dirait le nom d'un monstre.

- Ah ! là ! là ! Mais qu'apprend-t-on dans vos écoles ? Ce petit me surprendra toujours par ses références, soupira-t-elle en lui souriant tendrement.

- Euh ! Je dois avouer Nanny que je connais ce nom, mais en fait je ne sais pas de quoi il s'agit, l'interrompit Zoé.

Nanny se tapota les joues, avant de reprendre.

- Dans la Bible cela fait partie de la Genèse, il est écrit que Dieu était en colère contre de nombreuses villes dont celle de Sodome, car le peuple s'adonnait aux péchés. Il décida d'enquêter et envoya deux anges, chez un fidèle Loth…

- Loth, le frère de Thor ? Suggéra Nicolas, en l'interrompant.

Nanny secoua la tête d'un air désespéré, mais ses yeux pétillaient de bonheur. Elle adorait ces moments partagés

- Non ! Vous voyez trop de films, nous ne parlons pas des Avengers. En plus tu confonds avec Loki qui n'est que le demi-frère de Thor.

- Ah oui ! C'est vrai, s'esclaffa Nicolas.

- Waouh ! Bravo Nanny vous êtes imbattable, précisa Sophie, avec un grand sourire.

Ils pouffèrent de rire, en la regardant, et le roi Hamad, se joignit à eux.

- Je comprends pourquoi Amir adore sa vie auprès de vous. On ne s'ennuie pas, continue je t'en prie, dit-il en faisant un signe de la main vers Nanny.

- Il s'agit de Loth le neveu d'Abraham qui les accueillit chez lui. Les habitants avertis de cette visite lui demandèrent de livrer les étrangers mais Loth, refusa. Dieu se mit en colère, il demanda à ce fidèle de partir avec sa famille et de ne surtout pas se retourner. Pour punir les hommes il fit descendre du ciel du soufre et du feu qui détruisirent Sodome et la ville voisine de Gomorrhe. Mais la femme de Loth se retourna pour voir la colère de Dieu, et elle fut transformée en statue de sel.

- Sérieux ! C'est fou ça, murmura médusé Mathieu, c'est flippant ces récits. Autre chose, dit-il en se tournant vers Wassim, vous avez parlé de géants ? Et de magie ?

- Oui reprit celui-ci, en deux mille quatre, une compagnie de pétrole effectuant des forages a retrouvé des squelettes de géants, les photos circulent encore de nos jours sur le net, vous pouvez les voir, regardez sur vos téléphones.

Ils s'empressèrent tous de faire des recherches sous le regard amusé du roi Hamad.

- Oh ! Mais c'est impossible, ils sont si grands.

- Ce ne sont que des inepties ! Se moqua Noam, c'est un montage pour amuser les crédules c'est tout. D'ailleurs cela a été démenti.

- Comme beaucoup de choses. Pendant longtemps on a bien prétendu que cette cité n'était qu'une fable, reprit Wassim en haussant les sourcils. Jusqu'à preuve du contraire, cette découverte et ces photos viennent accréditer notre théorie sur cette mystérieuse cité.

- Et pour la magie ? Demanda Zoé.

- Ils en pratiquaient beaucoup, vous devrez rester très prudents.

- Pff ! Balivernes, tout ça n'est qu'une fumisterie.

- Noam ta vision de l'histoire est une approche trop rigoriste à mon avis, tu ne laisses aucune place à l'ouverture d'esprit. Il faut toujours tout envisager, le monde est bien plus surprenant que tu ne le crois. Nous ne sommes que des poussières dans l'immensité du temps, un peu comme ces grains de sable qui constituent le désert. Beaucoup de choses nous échappent, tu vas être surpris et ces jeunes te feront découvrir un monde inconnu, j'en suis persuadé, affirma Wassim en souriant.

Zoé se mordillait les lèvres en caressant GRIMA qui ronronnait sur ses genoux, comme pour la rassurer.

- Mais quel est le lien entre Ubar et Koubar, votre royaume ? Demanda-t-elle en se tournant vers Wassim.

- Nous pensons que notre cité fut créée par un descendant de la cité d'Ubar, ce qui légitimerait notre droit à régner. Hélas ! Elle a été à maintes reprises pillées, notamment par les chevaliers des Templiers. Notre passé s'est effacé. Vous savez, il ne reste pas grand-chose pour accréditer cette théorie. Vous êtes notre seul espoir de retrouver des traces de l'origine de notre cité. Au fait, vous avez parlé des contes des Mille et une nuits, j'ai quelque chose d'intéressant à vous faire découvrir.

- Pas maintenant mon ami, reprit le roi Hamad, je sais que tu brûles de tout leur montrer, ce sujet te passionne depuis toujours, mais je leur ai accordé deux jours de repos pour s'acclimater à cette chaleur. Nous irons tous sur le site de la mystérieuse cité d'Ubar après. Ce sera le point de départ de votre enquête.

Des cris de joie s'élevèrent.

Une fois le repas terminé, ils rejoignirent la suite de Nanny pour faire le point sur ces premières découvertes.

- Hum ! Cela ne sera pas facile comme mission, murmura dubitative Zoé.

- Et depuis quand ça l'est ? Que je sache il nous a fallu du temps pour comprendre et retrouver le testament de Nostradamus ainsi que le trésor des Templiers, et là il en sera de même, ne partons pas défaitistes, affirma Éric avec conviction.

- Dites cette histoire de Noé, vous y croyez vraiment ? C'est du grand n'importe quoi ? Et pourquoi pas les rois mages pendant qu'on y est, ricana Marc.

- La châsse renfermant les reliques des rois mages se trouve à Cologne, précisa mutine Zoé.

- Quoi ? La châsse ? Quelle châsse ? C'est quoi encore ce délire, rétorqua-t-il les yeux grands ouverts.

- Il s'agit d'un reliquaire, si tu préfères un coffre, celui-ci est fait d'or et de pierres précieuses, il contient effectivement comme son nom l'indique les reliques des rois mages, répondit Nanny en souriant.

- Vous vous moquez ? Vous parlez bien des trois petits bonhommes qu'on met dans la crèche à Noël ? Insista Marc d'un air ahuri.

Nanny lui donna une petite tape derrière la tête.

- Maaarc ! Tes trois petits bonhommes comme tu dis, c'est la Bible ! Décidément j'ai tout à t'apprendre.

- Mais je croyais que c'était juste une déco de Noël, moi !

Zoé éclata de rire.

- En fait je l'ai découvert par le plus grand des hasards, en regardant un reportage à la télé. Tu peux le voir sur le net, c'est magnifique.

- Waouh ! Les rois mages ! Noé ! Mais qu'allons-nous découvrir ? Demanda Sophie éberluée.

- Je sens que cette aventure va être géniale, j'ai hâte de visiter le site de la cité d'Ubar, murmura Céline avec un grand sourire.

- C'est vrai je l'avoue moi aussi, confirma Éric en enlaçant sa femme.

Martine et Paul échangèrent un regard complice.

- Vivre une telle quête c'est fabuleux, précisa Martine en regardant tout le groupe. Je découvre l'histoire et je trouve cela passionnant.

- Alors prenons du repos. Nous allons bientôt avoir besoin de toutes nos compétences pour résoudre ce mystère, affirma Nanny en tapant dans ses mains.

Cette nuit-là Zoé fit un rêve étrange, GRIMA se rapprochait de plus en plus l'envoutant de son beau regard vert, un brouillard l'enveloppa. Elle cligna des yeux, en les rouvrant, Zoé entendit des corbeaux croasser près d'elle, l'un d'eux tenait entre ses pattes un morceau de tissu rouge. Elle recula, légèrement effrayée, et mit le pied dans de l'eau, elle se retourna et vit des bulles d'air remonter à la surface. Elle voulut se pencher pour l'effleurer, mais l'image s'estompa jusqu'à disparaître. Zoé se réveilla le cœur battant. GRIMA se tenait à ses côtés, la fixant intensément. Il s'approcha et lui lécha le bout du nez pour la rassurer.

- C'était quoi tout ça ? Je... je vais attendre un peu avant d'en parler à Nanny, je n'ai pas envie de l'angoisser, un corbeau ce n'est jamais un bon présage.

Le sommeil fut long à revenir. Zoé était hantée par ce nouveau rêve.

CHAPITRE 5

Le lendemain matin Amir tout sourire leur proposa de visiter un site unique par sa beauté, le plus célèbre Wadi de tout le royaume.

- Vous allez découvrir un des trésors de mon pays ce lieu est magnifique. Vous verrez l'un des plus beaux bassins naturels, d'une couleur turquoise époustouflante, je vous en ai déjà parlé. J'ai organisé une surprise pour ceux qui le voudront. Nous allons faire une plongée sous-marine afin de visiter une grotte splendide.

Des cris de joie retentirent. Ils s'engouffrèrent dans les véhicules, et admirèrent le paysage environnant qui était époustouflant et verdoyant.

- Je n'en reviens toujours pas, c'est si beau, murmura Zoé fascinée.

En arrivant à ce fameux Wadi, ils restèrent bouche bée, c'était absolument magnifique, devant eux apparaissait une végétation luxuriante, le bruit des chutes d'eau et cette couleur unique turquoise conféraient à cet endroit un aspect irréel, magique avec le désert qui les entourait.

- Ah ! Le matériel est prêt, ils attendent plus que nous. Qui a envie de plonger ?

Les garçons unanimement levèrent la main, tandis que Nanny, Martine, Céline, Sophie et Zoé, accompagnées de Paul et Éric préférèrent se baigner et profiter de ce lieu incroyable.

- Ce n'est pas dangereux j'espère ? S'inquiéta Nanny en regardant Amir.

- Non ! C'est une plongée pour débutant et nous sommes nombreux, il n'y aura pas de problème.

- Allez ! Zoé, Sophie, venez ! C'est une occasion unique, insista Mathieu.

Zoé grimaça, elle se sentait fatiguée après sa mauvaise nuit. Nanny l'observa avec attention.

- Non, je vais m'amuser à nager, mais profitez, vous nous raconterez.

- Hum ! Tu refuses une aventure, c'est surprenant. Qu'est-ce qui ne va pas Zoé ? L'interrogea Nanny.

- Je… Oh ! C'est sûrement rien du tout, mais j'ai fait un drôle de rêve, et du coup j'ai super mal dormi.

- Quel rêve ? Reprit Céline en se redressant.

Zoé leur raconta cette étrange rencontre avec des corbeaux, ces bulles qui remontaient à la surface, ce tissu rouge.

- Vous voyez c'est idiot. Cela n'a aucun sens.

- Oooh ! Les corbeaux je n'aime pas ça, rétorqua inquiète Nanny en regardant autour d'elle. Il y a de l'eau ici, je commence à craindre le pire. Je pense qu'il s'agit d'une mise en garde

- Mais contre quoi ? Nous n'avons pas encore commencé l'enquête, et que signifie ce chiffon rouge ? Je souffre peut-être de la chaleur, du dépaysement. J'ai probablement besoin d'un temps d'adaptation.

- Hum ! J'en doute, murmura Nanny en plissant les yeux.

Sophie entraîna Zoé dans l'eau, sous le regard attentif de Nanny.

- Vous croyez qu'il y a un danger ? Demanda avec angoisse Martine.

Céline, Paul et Éric l'observèrent avec attention.

- Rien n'est jamais anodin. GRIMA n'a pas envoyé ces visions sans une raison précise, à nous de découvrir laquelle ?

Au bout d'un moment, les garçons commencèrent à remonter à la surface. Ils étaient si excités par cette fabuleuse plongée. Un brouhaha joyeux régna dans le groupe. Mais Nanny et Sophie froncèrent les sourcils

- Où est Nicolas ? Demanda cette dernière subitement inquiète.

- Il était derrière Amir, indiqua Marc en se tournant vers lui.

- Non ! Il me montrait juste quelque chose, ensuite je l'ai vu s'éloigner, je croyais, qu'il rejoignait Mathieu.

- Non pas du tout ! S'écria celui-ci totalement angoissé.

Les garçons paniquèrent, en se regardant ils se rhabillèrent prestement pour plonger ensemble à la recherche de Nicolas.

- Oh ! Mon Dieu ! Pourvu qu'il aille bien, murmura d'une voix fébrile Nanny, les yeux embués de larmes.

Zoé se mordilla les lèvres, elle s'en voulait terriblement, comprenant maintenant la signification des bulles d'air remontant à la surface.

En voyant jaillir de l'eau Mathieu et Marc soutenant Nicolas, elle poussa un cri de soulagement. Ils se dépêchèrent de le libérer de sa tenue.

Sophie pleurait en lui tenant la main, il avait du mal à reprendre son souffle, il crachait, toussait, les yeux exorbités par la peur.

- Que s'est-il passé ? Demanda Paul à son tour.

- Je…je ne sais pas, je n'arrivais plus à respirer, je voyais les autres remonter, j'ai paniqué, je me suis affolé, j'ai bien cru que j'allais mourir là. Merci les gars sans vous, j'y restais.

Mathieu ému lui tapota le dos doucement.

- Non ! Nous avons été stupides, nous aurions dû rester prudents et vérifier que tu étais derrière nous, affirma-t-il d'un air coupable.

Éric se saisit du tendeur et l'observa de plus près avec Paul.

- Hum ! Je crois comprendre ce qui a pu se produire. Il y a une petite fuite ce qui expliquerait que tu ne recevais plus assez d'air et la panique a accentué cette sensation, précisa d'un air inquiet Éric.

Paul à ses côtés semblait lui aussi préoccupé.

- C'est impossible ! S'insurgea Amir, ce matériel est neuf, je l'avais exigé. Il foudroya du regard son personnel présent, qui se confondit en excuses lui assurant avoir obéi à ses ordres.

- Ce n'est pas grave, affirma Paul en mettant son bras sur celui d'Amir. Nicolas va bien, cela peut arriver, peut-être un défaut de fabrication.

Amir lança des instructions dans sa langue d'origine.

- J'ai demandé qu'on en informe le fabricant, je veux connaître la nature de cet accident.

Il tomba à genoux devant Nicolas.

- Je suis vraiment désolé, mon ami, si tu savais comme je m'en veux. À cause de moi, tu aurais pu mourir, je…

Nicolas lui sourit bravement en secouant la tête.

- Ce n'est pas grave et je vais bien, en plus cette plongée était fabuleuse, mais je crois que je m'abstiendrai la prochaine fois.

Nanny passa sa main sur sa joue, elle tremblait de peur, en repensant à cet accident.

- Non ! Moi aussi j'aurais dû faire attention, confirma Zoé avec conviction. Elle raconta son étrange rêve. GRIMA m'avait avertie du danger, mais je n'en comprenais pas la signification, alors il faut découvrir ce que le rouge nous indique. Cet accident nous rappelle que nous sommes en mission et nous le savons, le danger rôde, nous devons rester prudents.

Une fois de retour au palais, ils décidèrent d'étudier tranquillement les contes des Mille et une nuits, après tout, ils devaient donner un sens à cette vision. Wassim informé de cette mésaventure arriva affolé.

- Comment une telle chose a-t-elle pu se produire ? Je suis vraiment désolé, Amir j'espère que tu as fait le nécessaire pour éclaircir cela ?

- Bien sûr, le détendeur va être envoyé au fabricant.

- Où est le roi Hamad ? Demanda Nanny, il m'avait dit qu'il nous rejoindrait dès que possible.

- Oh ! Il ne va pas tarder il avait des obligations, Wassim se dirigea vers la télévision qu'il alluma, on y voyait une cérémonie très protocolaire. Comme vous pouvez le constater, le roi Hamad auprès du prince régnant Ayoub reçoit les délégations des différentes tribus, c'est une réunion très importante.

Sur l'écran on apercevait, le souverain Ayoub mettant sa main droite sur son cœur qui s'inclinait devant son père en forme de respect.

- Oh ! Ton père a beaucoup de prestance, murmura Nanny en se tournant vers Amir.

- Que porte-t-il autour du cou ? C'est quoi cet anneau au bout d'une chaîne ? Interrogea Zoé en s'approchant d'un peu plus près.

À ce moment-là GRIMA poussa un miaulement très fort comme un feulement, qui fit rire tout le monde, Zoé reporta son attention sur Amir attendant sa réponse.

- Ça ! C'est un bijou très ancien, il se transmet depuis la nuit des temps. Le roi le porte en général lors des cérémonies officielles. C'est un serpent qui se mord la queue.

- C'est étrange, il est un peu gros non ? On dirait un anneau cranté à l'intérieur. À quoi peuvent donc bien servir toutes ces petites pointes qu'on aperçoit ?

- On l'appelle l'anneau de la vérité. Il aurait été remis par la première reine à son époux en gage d'amour. Il est très symbolique, il représente aussi l'ancienneté de notre lignée, de notre dynastie, une manière d'imposer notre légitimité à régner sur ce pays. Mais comme vous le savez nous n'en n'avons aucune preuve, à part ce collier, voilà pourquoi il est si précieux.

- De quelle vérité parles-tu ?

Amir soupira, tristement.

- En fait nous n'en savons rien, nous avons été amputés d'une grande partie de notre histoire à cause des pillages successifs comme je vous l'ai déjà dit. J'espère que vous pourrez nous l'apprendre.

- Ton pays est constitué de différentes tribus ? Reprit Nicolas en haussant les sourcils.

- Oui notre pays en comprend dix, du moins les principales. Elles règnent sur des régions, et sont dirigées par des cheiks qui doivent allégeance à notre sultan. Et vous voyez cet homme, dit-il en pointant son index sur l'écran, c'est le cheik Abdul Al-Misri qui dirige la fameuse tribu d'Adur qui fait tant polémique.

Ils s'approchèrent tous de l'écran, on y apercevait un homme tout de blanc vêtu avec derrière lui des individus à l'air austère, sûrement sa garde rapprochée.

- Waouh ! Il n'a pas l'air cool, murmura Marc en l'observant de plus près.

- C'est le moins qu'on puisse dire, soupira Amir. Mais venez laissons la politique à mon frère et à mon cousin, nous avons une aventure plus intéressante à vivre. Wassim veut nous montrer quelque chose et comme nous ne sommes pas restés longtemps au wadi c'est l'occasion ou jamais.

- Oh ! De quoi s'agit-il ? Demanda Zoé avec curiosité. Elle se baissa, car GRIMA venait de s'asseoir sur ses pieds, elle le caressa doucement. Décidément il n'était jamais loin, ce coquin.

Il s'approcha de Nicolas et se frotta longuement contre ses jambes en ronronnant. Il semblait rassuré de le voir en bonne santé, cela fit sourire Zoé. Nanny se pencha et le remercia en le fixant tendrement.

- Merci mon fidèle ami, lui murmura-t-elle. Puis elle se redressa en se tournant vers Wassim. J'ai hâte de voir cela, cette aventure m'intrigue.

- Suivez-moi, répondit-il les yeux pétillants de malice. Vous devez savoir que ce palais est construit sur les restes du tout premier, les ruines en fait. Mais nous avons trouvé quand même deux pièces que nous avons restaurées récemment. Zoé cela devrait vous intéresser.

Tout le groupe se mit en marche derrière Wassim qui continuait son récit passionnant.

- Vous savez que le peuple de Aad adorait bâtir des édifices adossés aux montagnes, et très souvent en hauteur, une façon peut-être de dominer les autres, c'est d'ailleurs ce qui a causé leur perte. Ils se croyaient supérieurs, au-dessus des hommes et des dieux. Nous avons découvert en faisant des travaux ces deux salles qui semblent creusées dans la montagne comme le faisait les Aad. Nous retrouvons donc une façon identique dans la construction des édifices, mais bien sûr ce n'est pas une preuve suffisante pour légitimer notre position.

Ils descendaient de plus en plus dans les sous-sols du palais, cela sentait le renfermé, le sol était maintenant en sable, ils suivirent un long corridor.

- Mais où il nous emmène ? En plus il fait froid, murmura inquiète Sophie à l'oreille de Zoé.

Wassim avec l'aide d'Amir poussa une énorme porte de bois à deux battants qui grinça sous leurs efforts, soulevant un nuage de poussière. Il alluma des spots et ils poussèrent des cris d'extase en découvrant une première pièce immense et ronde. Zoé tournoya sur elle-même, des scènes peintes constituaient une gigantesque frise qui faisait le tour de la pièce, et le plafond représentait la voie lactée avec des étoiles.

- Oh ! Mais c'est quoi ? Où sommes-nous ? Demanda Paul.

- Dans les vestiges du premier palais, remontant sûrement à la création de notre peuple.

Il pivota sur lui-même ouvrant grand les bras.

-Je suis persuadé qu'ils avaient un lien avec le peuple de Aad. S'ils construisaient leurs édifices importants adossés à une montagne c'était aussi pour se protéger de leurs ennemis. De nombreux assaillants ont dérobé nos trésors, comme l'œil d'Ubar que vous avez retrouvé. Mais regardez bien ces fresques, elles font partie des contes des Mille et une nuits.

- Quoi ! S'écrièrent-ils en chœur.

Wassim sourit en les observant.

- Oui c'est fascinant Zoé que vous ayez fait ce rêve. Ici se trouve les contes disparus.

- Comment ça les contes disparus ? Interrogea Nanny en fronçant les sourcils.

Céline fit le tour de la pièce observant chaque scène avec attention.

- Je ne reconnais pas les histoires, dit-elle en se retournant vers Wassim.

- C'est normal. Les contes ou les légendes, car vous le savez les contes commencent généralement par « il était une fois » et les légendes elles s'appuient beaucoup plus sur des faits historiques, or dans les contes des Mille et une nuits on retrouve beaucoup de faits historiques. Par exemple dans deux d'entre eux, on décrit la ville d'Ubar. Vous savez, ils ont évolué au fil du temps.

- C'est à dire ? Demanda Martine intriguée.

- À la base ce sont des récits souvent originaires d'autre pays comme l'Inde ou la Perse, ils ont été véhiculés par les marchands, qui se les racontaient au cours de leurs nombreux voyages. Ils remontent à la nuit des temps, le plus ancien est un écrit arabe rédigé en neuf cent quatre-vingt-sept le Kitab Al-Fihrist, il évoque l'existence d'un volume persan racontant l'histoire de Shahrâzâd, le Hezar Efsane que l'on peut traduire par les mille contes.

Wassim soupira tristement.

- De nos jours il n'existe plus aucune trace de ce volume. On suppose qu'ils remontent encore plus loin dans le passé, on estimerait la création des contes au troisième siècle, vous imaginez.

- Si vieux ! S'écria Nicolas avec étonnement.

- Oui c'est fascinant. Nous avons avec ces scènes peintes, une partie de l'histoire, précisa Wassim en ouvrant grand les bras.

- Vous savez qu'au départ il n'y avait pas mille contes, ils se sont rajoutés au cours du temps, reprit-il avec enthousiasme.

- Comment-ça ? Répliqua Zoé en fronçant les sourcils.

- Ce sont donc des récits de marchands, certains sont restés, d'autres ont été remplacés par de nouvelles histoires. Par exemple, les fameux personnages Ja'Far et le calife Haroun Ar-Rachid, sont apparus entre l'an sept cent cinquante et mille deux cent cinquante-huit. En mille sept cent, le français Antoine Galland les adapta à son époque en supprimant ce qui pouvait choquer, et en y ajoutant la galanterie européenne. Vous comprenez maintenant, et vous avez là sous vos yeux sûrement ceux qui se contaient au moment de la création de notre peuple. L'origine de tout.

Ils restèrent médusés un long moment et commencèrent à étudier avec attention chaque scène. Wassim restait au centre de la pièce les observant en souriant.

- Si vous regardez bien, sous chaque peinture nous avons le récit de l'histoire écrit dans une langue ancienne. Zoé l'autre soir vous avez évoqué ces contes, j'ai demandé à Amir de me décrire vos rêves et voici quelque chose qui va vous intéresser, affirma-t-il en montrant une première scène où l'on apercevait un homme devant un miroir. Son reflet semblait légèrement différent comme dans son rêve. Puis Wassim se dirigea vers une autre représentation, on y voyait une jeune femme à la beauté éclatante tenant une lance dans sa main.

Zoé resta la bouche ouverte, figée de surprise, GRIMA vint se frotter contre ses jambes. Elle venait de découvrir ses visions, celles qui hantaient ses nuits, mais que voulaient-elles dire ?

- Oh ! C'est incroyable. Vous pouvez nous les raconter Wassim, s'il vous plaît ? Demanda Zoé curieuse d'en apprendre plus.

Ils se rapprochèrent tous de Wassim. Celui-ci leur sourit, il tendit le bras pour montrer la première peinture.

- Voici le conte du miroir. Il en existe beaucoup de ce genre. Celui-ci, parle de jumeaux se chamaillant devant une glace, l'un d'eux la brisa par inadvertance. Un éclat pénétra dans le torse de l'enfant, son cœur devint aussi noir qu'une nuit sans lune, son âme aussi prit cette teinte lugubre. Il devint le reflet maléfique de son frère. L'un des enfants était admiré pour son courage, sa bonté, sa droiture, tandis que l'autre était fourbe, cruel, il semait la terreur. Le gentil jumeau vint défier son frère pour le ramener à la raison, ils s'affrontèrent dans un combat. Celui à l'âme noire, porta un coup fatal à son frère. En le voyant agoniser dans ses bras, il réalisa l'horreur de son crime, une larme coula sur sa joue, cheminant sur sa gorge et son torse. Quand elle toucha l'éclat profondément incrusté dans son cœur, celui-ci disparut dans un scintillement de lumière, comme par magie, la malédiction était rompue. Il supplia alors son Dieu d'épargner son frère. Son vœu fut exaucé à la seule condition, sa rédemption. C'est ainsi qu'il le sauva. Depuis ce jour, il devint un homme admiré pour sa bonté, sa sagesse et l'immensité de son cœur devenu pur.

- Oh ! C'est une belle histoire, murmura Céline.

Les autres hochèrent la tête, tandis que Zoé se mordillait les lèvres, quel sens donner à ce conte ?

Wassim se déplaça vers l'autre scène peinte.

- Voici le conte de Kenza, la jeune fille à la lance.

Zoé plissa les yeux, la peinture représentait une femme sublime, à la peau sombre, dont la silhouette ressemblait à celle de sa vision, elle tenait à la main une lance.

- Kenza était originaire d'Egypte, sa tribu s'était installée aux confins du désert, mais elle parcourait le pays avec son père un riche marchand. Depuis toujours elle avait une grande passion, elle collectionnait les objets, l'histoire la fascinait. Son père se moquait d'elle, arguant qu'elle les retardait et surchargeait leurs montures avec tous ces vestiges d'un passé inutile. Kenza était sa fille unique il l'adorait plus que tout, et lui passait tous ses caprices.

On vantait sa grande beauté et son intelligence inégalable. Elle charmait d'un sourire, nul ne pouvait lui résister. Sa dernière découverte était une lance et Kenza adorait se promener en la tenant à la main, ce qui donna le nom au conte. Voici pourquoi elle est représentée ainsi. D'où provient-elle ? Nous n'en savons rien. L'histoire raconte, que Kenza et son père arrivèrent dans une riche cité, dont les colonnes étaient recouvertes d'or et d'argent, vous voyez à quoi je pense, murmura Wassim en les regardant.

- Ubar ! Précisa Paul en regardant la peinture.

- Oui, exactement, on raconte que Kenza fut très impressionnée, par cette cité et les géants qui y régnaient. Le roi avait sept fils, tous aussi grands, mais le dernier du nom de Sem était petit et malingre, il tomba malade et malgré tous leurs efforts, il agonisait. Pourtant ils pratiquaient la magie et la sorcellerie, mais rien n'y fit. Kenza qui avait vu la famille royale, traverser la cité sur leurs majestueuses montures, était fascinée par le plus jeune des fils. Elle se présenta au palais et proposa son aide. Les princes se moquèrent en voyant cette frêle jeune fille munie d'une lance, mais le roi la jaugea un long moment en silence et lui fit signe de le suivre. Nul ne sut ce qui se passa dans la chambre, mais peu de temps après, la porte se rouvrit, ce fut la stupéfaction, Kenza se tenait aux côtés du jeune Sem. Elle fut accueillie avec son père au palais et traitée comme une princesse. Kenza et Sem tombèrent amoureux. Le roi leur offrit un territoire, ils se marièrent et fondèrent leur propre tribu.

- Adur ! Affirma avec un grand sourire Nanny.

- Oui, enfin, c'est ce que je pense aussi, mais nous devons le prouver, murmura Wassim ému en regardant la peinture. Avec votre aide j'espère que nous pourrons démontrer que cette jeune Kenza et Sem furent le couple régnant qui créa notre royaume. Je souhaite tellement pouvoir trouver les preuves. J'ai toujours pensé que ces représentations, ces scènes ne se trouvaient pas là par hasard, que notre destin était lié avec celui d'Ubar.

Nanny s'approcha doucement et lui prit les mains.

- Nous réussirons j'en suis certaine, ils n'ont pas l'air comme ça, mais ils sont les meilleurs, dit-elle en se tournant vers Zoé et ses amis.

Tout le groupe éclata de rire.

- Vous avez le sens des compliments Nanny, s'esclaffa Éric en haussant les sourcils.

- Ça passera crème, Wassim, affirma Marc en tapotant son épaule.

- Quoi ? Mais que veut-t-il dire ? Répliqua celui-ci avec surprise.

- Oh ! Mon pauvre, il est parfois si difficile à déchiffrer. Si vous saviez je me demande où il va chercher toutes ces expressions, répondit Nanny en mettant ses mains sur ses joues, provoquant l'hilarité chez ses amis.

Zoé reporta son attention sur la peinture représentant Kenza et sa lance.

- Dites Wassim, vous pensez que sa lance était magique ?

- Hum ! Peut-être, d'après la légende elle est entrée avec dans la chambre et le jeune prince est ressorti guéri. Vous savez ce prénom Kenza est formé à partir du mot kenz qui signifie trésor, je trouve que cela va bien avec ce conte.

- Kenza ! Répéta Zoé médusée.

- Ce ne serait pas la première fois qu'une lance serait magique, il y a bien dans la Bible, la lance de Jésus affirma Nanny en hochant la tête.

- Ah bon ! Jésus avait une lance ? Répliqua étonné Marc.

- Oh là, là Maaarc ! Tu me désespères, rétorqua Nanny faussement offusquée. Je parle de la lance qui transperça Jésus.

- Oh ! Je ne connais pas cette histoire, murmura Nicolas.

Nanny soupira et reprit son récit.

- Jésus était sur la croix, à ses côtés se trouvait deux voleurs, les chefs Juifs demandèrent à Pilate de casser leurs jambes afin de hâter leur décès. Les soldats brisèrent celles des voleurs, mais Jésus lui, paraissait déjà mort. Un centurion nommé Longinus qui était à moitié aveugle, perça son flanc avec sa lance pour s'en assurer, du sang et de l'eau jaillirent de la plaie, des gouttes lui touchèrent les yeux et l'homme recouvra la vue. Il devint chrétien peu de temps après. En fait, en lui transperçant le flanc, il avait réalisé une prophétie de l'ancien testament dans lequel il était précisé que le Messie n'aurait pas les os brisés, mais que son sang coulerait. Dans la Bible on parle de la Sainte Lance.

- Waouh ! Et on l'a retrouvée ? Qu'est-ce qu'il est devenu ce Longinus ? Demanda Mathieu.

- Il mourut peu après en martyr, répondit Nanny.

- Oh ! Eh bien mince ! Cela ne lui a pas porté chance, il recouvre la vue pour mourir peu après, tu parles d'un bonheur, c'est une arnaque, s'exclama Marc en soupirant.

- Et la lance elle est où ? Interrogea Zoé avec empressement. Elle a disparu à jamais ?

- En réalité, elle est apparue un peu partout, je crois qu'on en a recensé environ six. À chaque fois des hommes croyant posséder la Sainte Lance, ont mené des combats héroïques, et ils gagnèrent.

- Incroyable ! Des lances magiques.

- Encore une fois vos récits rejoignent les nôtres, affirma Wassim en souriant.

- Ouais ! À cette époque les droits d'auteurs n'existaient pas, on piquait le récit des autres, murmura Nicolas.

Ils pouffèrent de rire.

- Venez ! Nous allons maintenant découvrir l'autre pièce, précisa Wassim en leur faisant signe de le suivre.

CHAPITRE 6

En arrivant dans la salle suivante, ils restèrent médusés, elle était plus petite et rectangulaire, avec une grande hauteur sous plafond. Sur les murs, on apercevait des scènes de la vie quotidienne. Un couple apparaissait sur chacune d'entre elles. Un homme grand et mince, se tenait aux côtés d'une femme ornée de la fameuse émeraude qu'elle portait autour du cou, elle gardait à la main un genre de sceptre, monté sur un long bâton.

- Vous croyez que c'est Kenza ? Demanda intriguée Martine.

- Les peintures sont différentes. Dans le conte c'est une jeune fille sans atours, ici nous avons probablement la représentation de notre première reine, regardez sa coiffe, ses bijoux, son maquillage, c'est une dame de haut rang, mais c'est difficile de comparer avec la jeune Kenza, soupira tristement Wassim.

- C'est drôle, ce bâton me rappelle quelque chose, murmura Zoé en fronçant les sourcils. Vous l'avez en votre possession ?

- Non ! Hélas ! Vous savez nous avons été maintes fois pillés, ce sont peut-être les chevaliers des Templiers qui l'auront volé avec le reste.

- Ils n'étaient pas des voyous, mais des explorateurs, reprit Paul d'un air offusqué.

Wassim se tourna vers lui, en grimaçant.

- Au début ils menaient une quête, mais beaucoup d'entre eux, s'en sont détournés. De toute façon eux ou d'autres, quelle importance. Toujours est-il que nous n'avons plus rien en notre possession, ni bijoux ni objets précieux. Nous sommes privés d'une partie de notre passé. Toutefois grâce à vous, nous avons retrouvé l'émeraude que la reine porte au cou.

- Ces peintures vous ont-elles permis d'en apprendre un peu plus sur ce fameux couple royal, si mystérieux ? Demanda Céline avec curiosité.

- Oui en effet, affirma Wassim, passionné par ce sujet. Si vous regardez bien, sur chacune des scènes la reine est représentée aux côtés du roi, elle est donc son égale. D'habitude, seul le roi apparaît, les femmes avaient un rôle inférieur. Nous savons qu'en Egypte certains peuples leur accordaient une place prépondérante. Si je vous demande qui est le Dieu suprême de l'Égypte vous me répondrez sûrement Râ, ou Amon, ou encore Amon-Râ ou bien Osiris, mais en fait ce n'est pas tout à fait vrai. Ce serait oublier le rôle primordial d'une déesse, je parle de Maât.

- Ah bon ! Reprit Éric avec surprise.

- Oui, vous connaissez tous la reine Cléopâtre, mais il y avait également la reine Néférousobek ou Hatchepsout.

- Waouh ! Les pauvres elles avaient des noms à coucher dehors, franchement je ne me vois pas m'appeler Hatchepsout, murmura Sophie en faisant les gros yeux.

- Oh ! Pourtant, après Tiburge la Bécasse, Hatchepsout la Bécasse c'est plutôt mignon, se moqua gentiment Nicolas, les yeux pétillants de malice.

- Oh ! Toi, s'insurgea Sophie en éclatant de rire. Non franchement ! Je préfère mon prénom, il n'est peut-être pas royal, mais il me convient bien.

- Moi aussi, je l'aime beaucoup, reprit Nicolas en l'embrassant tendrement.

- Ohé ! Les amoureux, miss Tiburge Hatchepsout la Bécasse nous devons rester concentrés, affirma Marc goguenard.

Tous les autres se mirent à rire, devant l'air offusqué de Sophie, même Wassim pouffa en les regardant. Il pointa son doigt vers l'une des peintures.

- Regardez ! Si j'ai raison et s'il s'agit bien de la même Kenza le fait de retrouver des rites égyptiens ne serait pas si surprenant, n'oublions pas que la tribu dont elle est originaire venait d'Égypte.

- Bien vu Wassim, reprit Nanny en hochant la tête.

Zoé observait le plafond, intriguée par une sculpture étrange.

- C'est quoi ça Wassim ? On dirait encore la représentation du fameux serpent qui se mord la queue, mais au centre on aperçoit quatre trous.

- Oui, je pense aussi que nous retrouvons là le fameux serpent, c'est un symbole d'éternité, il représente le temps, on l'appelle l'Ouroboros. Ce cercle formé par le serpent veut nous faire comprendre que le début et la fin sont confondus, vous comprenez ? Mais la signification des trous reste un mystère.

- C'est étrange, reprit Éric on ne fait pas des trous sans avoir une bonne raison.

- À quoi servait cette pièce ? Demanda Martine en regardant autour d'elle. De chaque côté se trouvait de longues étagères sculptées dans la pierre.

- On suppose qu'il devait y avoir des richesses, des bijoux, des plats, tout ce qui pouvait symboliser leur règne. Hélas ! Nous avons trouvé cet endroit vide, heureusement il y avait encore ces peintures en bon état que nous avons pu restaurer.

Amir ému, regarda une dernière fois la pièce dans laquelle il se trouvait avec ses amis.

- J'aimerais tellement que l'on arrive à reconstituer l'histoire de mon pays.

- Nous y arriverons, affirma Nanny en lui prenant les mains.

En retournant vers le palais principal, Céline s'étonna du silence de Zoé.

- Qu'est-ce qu'il y a ? Demanda-t-elle intriguée.

- Je ne sais pas, c'est étrange, cette atmosphère Céline, et si nous échouons ? Chuchota-t-elle en regardant ses amis marchant devant elle. Je n'arrive pas à assembler tous ces faits avec mes rêves. Bon d'accord, j'ai retrouvé mes contes, mais nous ne savons pas interpréter leur signification.

Céline mit ses mains sur les bras de Zoé.

- Tu le sais, les images ne sont jamais claires au début. Tu dois faire confiance à GRIMA, il va t'aider, tu le sais bien.

Celui-ci miaula en se frottant doucement contre les jambes de Zoé qui se pencha, pour le prendre dans ses bras.

- Tu as raison, nous réussirons, murmura Zoé en enfouissant son visage dans la douce fourrure de GRIMA.

Le soir au cours du repas, ils racontèrent leur visite dans le vieux palais.

- Tu n'as pas pu t'en empêcher mon vieil ami, fit remarquer le roi en regardant avec un sourire indulgent Wassim.

- Ce sujet me passionne tant, et je crois que nous sommes proches de connaître la vérité. Demain est un grand jour, nous allons découvrir ensemble la cité d'Ubar.

- Je viendrai avec vous, précisa le prince Ayoub.

- Quoi ! Notre quête t'intéresse ? Reprit Amir avec surprise.

- Père m'a dit qu'un bon roi, devait garder l'esprit ouvert, alors une petite expédition au cœur du désert me fera le plus grand bien. Après cette journée éprouvante, j'ai besoin de détente.

- Moi aussi je tiens à participer à cette visite, affirma Naïm en se saisissant de son verre de la main droite.

Il regarda avec attention Zoé.

- J'ai hâte de voir ce que vous allez pouvoir nous apprendre de plus sur cette cité.

Zoé avait le cœur battant, elle sentait une grande attente. Elle respira avec difficulté, une pression énorme pesait sur ses épaules. GRIMA sauta sur ses genoux discrètement et se mit à ronronner, il ne semblait pas du tout inquiet, Céline avait raison, elle devait lui faire totalement confiance.

Ce soir-là Zoé n'arrêtait pas de se retourner dans son lit, impossible de trouver le sommeil. GRIMA vint se lover entre ses bras, sa douce chaleur lui permit de se détendre. Elle ferma les yeux et se laissa porter par sa respiration calme et paisible.

Elle aperçut d'abord un regard vert, pénétrant, insistant qui se rapprochait d'elle. Un brouillard s'éleva, puis elle sentit des odeurs d'encens, d'épices, elle entendit des voix dans une langue étrangère, elle observa autour d'elle. Zoé se trouvait sur une place publique, en pleine nuit. Il y avait beaucoup de monde. Un brouhaha s'éleva de la foule, qui s'écarta pour laisser passer une femme tout de blanc vêtue, elle était accompagnée de gardes tenant des flambeaux. On aurait dit une déesse, ou une prêtresse.

Une longue natte brune tressée de fils d'or pendait dans son dos, sa robe longue immaculée effleurait le sable à chaque pas. Elle se dirigea vers le centre de la place et s'immobilisa près d'un petit muret circulaire, sur lequel deux hommes posèrent une immense vasque concave.

Zoé s'approcha doucement, personne ne semblait avoir conscience de sa présence. En raison de sa petite taille, elle se faufila et se retrouva juste derrière la jeune femme. Cette coupe était de toute beauté, elle brillait de mille feux sous la lumière des flambeaux, sûrement de l'or pur. Des écritures ornaient les bords. Celle qui ressemblait à une prêtresse plaça au centre dans un petit réceptacle l'émeraude, que Zoé reconnut immédiatement, elle se figea, médusée par cette scène.

Elle la vit tendre les bras vers le ciel, et commencer une incantation, un doux chant mélodieux et envoutant se fit entendre. Zoé ne la quittait pas des yeux. Elle aperçut un rayon vert qui s'éleva vers le ciel étoilé, les gens autour d'elle hurlaient, ils semblaient en transe. Zoé déglutit avec peine, qu'allait-il se passer ?

Une lueur illumina le flanc de la montagne. Accroché à la falaise sur une terrasse, elle découvrit plusieurs personnes, d'une taille impressionnante, les fameux géants de Aad. Zoé en resta bouche bée. Le faisceau les balaya de sa lumière puis continua sa course vers l'immensité de la voûte céleste, se transformant en différents hologrammes, représentant les géants. Ils dominaient le peuple d'un air supérieur. Zoé n'en revenait pas, elle sentait l'exaltation s'emparer de tout son être. On aurait dit des dieux, ils étaient tout de blanc vêtus et portaient à leur cou une émeraude similaire à l'œil d'Ubar.

Un géant se pencha, son image se rapprocha de la foule. Il sembla se poser en douceur près de la vasque, les gens s'écartèrent devant lui, certains agenouillés priaient sur son passage. Il s'avança vers la prêtresse qui tomba au sol en signe de soumission. Zoé se retrouva en première ligne, regardant autour d'elle, ne sachant quelle attitude adopter.

Le géant l'observa avec attention, sa silhouette était auréolée de vert fluo, il inclina la tête, mit un genou à terre, puis tendit sa main paume ouverte vers elle. Un grand silence se fit dans la foule. Zoé tremblait de tous ses membres, elle lui présenta la sienne et le géant s'empara de son poignet, il la rapprocha doucement. Zoé paniqua, un hologramme n'était qu'une image, c'était impossible de ressentir la pression de sa main. Elle releva la tête fascinée par cette rencontre. Il la fixait intensément, puis un doux sourire effleura ses lèvres. Une main posée sur son épaule la fit brusquement sursauter, elle se retourna le cœur battant. C'était Nostradamus.

- Hoc est magicae est Aad, murmura-t-il à son oreille.

Zoé émue reporta son attention sur le géant, mais un brouillard l'emporta, elle se réveilla en sueur dans son lit. GRIMA à ses côtés miaulait doucement.

- Je les ai vus ! J'ai vu les géants de Aad, ils existent, ou du moins existaient. Je n'en reviens pas. Oh ! GRIMA, merci mon ami, s'écria-t-elle joyeusement.

Il vint se poser sur sa poitrine, mettant de chaque côté ses pattes, il ronronna doucement comme pour l'apaiser.

- GRIMA tu es mon meilleur ami, je t'aime tant. Tu me fais vivre des aventures incroyables. Mais, tu sais, même si tu n'étais qu'un simple petit félin comme les autres, je t'aimerais tout autant. Entre toi et moi il y a quelque chose de spécial, un lien magique, je ne peux pas imaginer ma vie sans toi. S'il devait t'arriver un malheur, je crois… je crois que je serais amputée d'une partie de moi, que j'aurais une plaie béante au cœur. Notre rencontre était comme une évidence, nos destins sont liés à jamais. Ne me quitte jamais, quoi qu'il arrive, dit-elle les yeux embués de larmes, à l'idée de le perdre. Je n'aurais jamais cru qu'on puisse autant aimer un animal, mais tu comprends tout, tu me complètes en fait, Tu es une partie de moi, nous formons un tout.

GRIMA la fixa intensément, semblant comprendre ses paroles, il lui lécha le nez ce qui la fit rire. Elle eut le plus grand mal à se rendormir, elle avait tellement hâte de décrire sa fascinante rencontre avec les géants de Aad à ses amis, et surtout de découvrir cette fameuse cité mystérieuse.

Le lendemain matin, au petit déjeuner Zoé raconta son histoire à tous ses amis.

- Oh ! Je crois que cette journée va être extraordinaire, affirma Nanny joyeusement.

- Mais que veut dire « Hoc est magicae est Aad » demanda Sophie en fronçant les sourcils.

- *C'est la magie des Aad*, répondit avec un immense sourire Nanny.

- Hum ! Il paraît qu'ils pratiquaient les sciences occultes, que leur magie était très puissante, précisa Céline avec enthousiasme. En plus ils étaient d'une taille impressionnante.

- Je n'en reviens pas ! De vrais géants ? Insista Martine.

Éric s'approcha et lui tapota le dos.

- Vous savez avec eux, plus rien ne m'étonne. J'ai hâte de vivre cette nouvelle aventure.

Ils retrouvèrent le roi Hamad, accompagné de son fils Ayoub et des jumeaux qui pour la première fois étaient habillés en tenue traditionnelle d'un blanc éclatant. Devant l'air surpris de Zoé, Wassim se pencha discrètement vers elle.

- À droite du roi Hamad, c'est Noam.

- Mais ! Comment faites-vous pour les reconnaître ? D'habitude j'y arrive, Noam porte la tenue traditionnelle et Naïm lui préfère les costumes, mais là, j'avoue qu'on dirait deux gouttes d'eau identiques.

Wassim pouffa de rire.

- J'ai mon petit secret, une astuce, cela m'a bien aidé, quand ils étaient enfants. Ces deux chenapans adoraient se faire passer l'un pour l'autre.

- Vous êtes très malin Wassim, rétorqua Zoé en souriant.

Nanny raconta le rêve de Zoé aux membres de la famille royale, et Noam ricana moqueur.

- N'importe quoi ! Alors maintenant nous allons nous fier à un rêve ?

- C'est vrai, reprit le prince Ayoub. Père je trouve que vous accordez bien trop d'importance à leurs récits. Vous savez nous avons des équipes d'archéologues chevronnés sur le site, attendons leurs conclusions. Je crois aux faits, là ce sont des contes pour enfants.

Sophie prit une grande respiration et s'approcha du prince Ayoub, elle pointa son index sur sa poitrine.

- Soooophie ! Gémit Nicolas en essayant de la retenir.

- Non ! Nicolas tu permets ? Monsieur le prince je sais tout, si nous sommes ici c'est à la demande du roi Hamad, alors c'est vrai nous ne connaissons pas tous les contes, l'histoire de votre pays, ses coutumes, ni même la Bible ou le Coran. Cependant, contrairement à vous, dit-elle en tapotant son torse de son index, nous, nous gardons l'esprit ouvert, nous sommes prêts à tout entendre. Nous ne sommes pas figés, nous n'avons pas votre mentalité étriquée. Monsieur le prince sceptique.

Celui-ci ouvrit grand la bouche devant tant d'audace. Jamais personne ne lui avait autant manqué de respect.

- Oooh ! Je suis désolée, elle est parfois impulsive, mais elle a raison, précisa Nanny en se tournant vers le roi Hamad.

Sophie prit alors conscience de son manque de tact et se mordilla les lèvres, en reculant légèrement.

- Je… je suis désolée, j'ai peut-être enfreint une ou deux règles du protocole.

- Une ou deux seulement ? Répliqua le roi Hamad en souriant ouvertement.

Nicolas s'approcha de Sophie et mit sa main sur son épaule. Tout le groupe l'entoura pour la soutenir. Le roi Hamad reprit la parole.

- Je comprends la force de ce groupe Nanny c'est leur entraide, ils se soutiennent quoi qu'il arrive. Chacun apporte son petit plus, Zoé avec son don extraordinaire, les autres par leurs connaissances et leur curiosité qui permet de découvrir de nouveaux aspects d'un mystère. Oui j'aimerais que mes quatre fils ici présents, prennent conscience de cette incroyable cohésion qui permet d'avancer face à l'adversité, ils font bloc ensemble. Je parle de mes quatre fils car j'ai toujours considéré Naïm et Noam comme mes propres enfants, conclut le roi Hamad en se tournant vers eux.

Le prince Ayoub fit un pas en avant.

- C'est vrai, je manque parfois aussi de tact. Sophie vous avez raison, depuis le début nous doutons de votre efficacité, des résultats que vous pourrez apporter. Mon père m'a dit qu'un bon gouvernant devait garder l'esprit ouvert. Je n'ai pas envie qu'on m'affuble dans l'histoire du titre de prince sceptique, dit-il pince sans rire. Alors allons vivre cette grande aventure, des hélicoptères nous attendent.

CHAPITRE 7

Le voyage en hélicoptère les fascina, ils survolèrent le désert, cette immensité dorée. Zoé tenait dans ses bras GRIMA qui ne semblait absolument pas inquiet comme si voler était une chose naturelle pour lui, ce qui la fit sourire, qui sait ? Avec lui il fallait s'attendre à tout. Le pilote leur indiqua qu'ils se trouvaient au-dessus du site d'Ubar. Il fit plusieurs fois le tour de la zone, et Zoé découvrit les vestiges de la mystérieuse cité disparue, l'Atlantis des Sables. Des gens s'activaient au sol, sûrement les équipes d'archéologues.

Les hélicoptères se posèrent les uns à côté des autres soulevant un nuage de sable. La chaleur au cœur du désert était étouffante, mais rien n'aurait pu les arrêter. Zoé se sentait fébrile.

- Nanny ça va ? Demanda Nicolas avec empressement, il ne fait pas trop chaud pour toi ?

- Ne t'inquiète pas pour moi, précisa Nanny en lui souriant. J'ai tellement hâte de voir cet endroit, de le fouler de mes propres pieds.

Le roi Hamad s'approcha et prit la main de Nanny.

- Ne vous souciez pas Nicolas, je veillerai personnellement sur elle.

L'archéologue en chef, responsable du site un certain monsieur Wilmer s'empressa auprès de la famille royale, l'informant de leurs dernières découvertes. Le souverain présenta Nanny et ses jeunes amis.

- Oh ! Je suis enchanté, dit-il en se tournant vers eux. Venez ! Je vais vous faire visiter, vous avez devant vous la cité aux mille colonnes, elle tient son nom des piquets des tentes c'était un lieu très fréquenté par de nombreux marchands, qui voyageaient sur la route de l'encens.

Zoé entendit Wassim grincer des dents et soupirer longuement.

- Vous oubliez un peu vite que si nous n'avions pas identifié une tablette parlant de cette cité, si la Nasa n'avait pas aperçu des vestiges et si un archéologue amateur du nom de Nicholas CLAPP n'avait pas retrouvé ce lieu, vous penseriez encore qu'Ubar n'était qu'un conte, un mythe.

L'homme parut gêné, il toussota.

- Alors si j'étais vous, je laisserais tomber cette histoire de piquets de bois. Car Ubar est décrite comme la plus belle ville construite à cette époque. Pff ! Des piquets de bois. Qu'est-ce que cela a de majestueux des morceaux de bois, c'est du grand n'importe quoi ! S'insurgea Wassim en secouant la tête.

Le roi Hamad éclata de rire.

- Ces deux-là n'ont pas fini de s'affronter à ce sujet, c'est à chaque fois la même chose.

L'homme leur fit signe de les suivre. Ils aperçurent les vestiges de la cité disparue, des restes de murs représentant des maisons, mais rien de vraiment étonnant.

- Ils avaient un système d'irrigation incroyable pour l'époque c'est fascinant. La ville était très étendue. Là nous sommes sûrement dans une des rues principales, vu le nombre de maisons. Elle était profondément enfouie sous le sable, nous supposons que sa disparition est due à une doline.

- Et voilà qu'il recommence, il ne peut pas s'en empêcher, s'offusqua Wassim, c'est omettre la mise en garde du prophète Houd, reprit-il moqueur, le vent soufflant durant sept jours et sept nuits. Je me demande si vous avez étudié le Coran ?

L'homme baissa la tête d'un air embarrassé.

- Nous nous basons sur des faits, des preuves.

- Et il a raison approuva Noam en relevant le menton, tu vis dans le passé Wassim. J'enseigne à mes élèves qu'il faut toujours tirer des conclusions de faits réels et non de récits. Il faut du concret.

- Oooh ! S'écria Wassim, tu te trompes Noam ! L'histoire permet de comprendre bien des choses, il faut toujours rester humble et essayer d'en tirer des leçons.

- Messieurs, un peu de calme, je suis certaine que Zoé nous aidera à mieux élucider les mystères de cette cité, précisa Nanny.

Ils se tournèrent tous vers elle, mais elle semblait dans une bulle loin de ce tumulte.

Zoé tournoya sur elle-même, essayant de reconstituer les lieux. Elle observa des amas rocheux escarpés au loin, mais il n'y avait rien de ressemblant avec son rêve.

Elle semblait si concentrée, qu'elle ne remarqua même pas que monsieur Wilmer avait repris avec enthousiasme l'inventaire de leurs découvertes.

- Vous savez, nous avons beaucoup de travail, la cité est enfouie sous des tonnes de sable.

Zoé releva subitement la tête et détailla avec plus d'attention le paysage, elle le voyait d'un œil nouveau. Elle pivota sur elle-même fermant les yeux pour revivre son rêve. Elle se tourna vers l'archéologue.

- Vous n'auriez pas trouvé sur une place quelque chose qui ressemblerait à un petit puits de pierre ? Cela a une forme circulaire.

L'homme se tut, l'observant d'un air médusé.

- Vous êtes déjà venue ici ? Demanda-t-il étonné.

Zoé secoua la tête en grimaçant.

- Alors ?

- Euh ! Oui effectivement.

Son assistante s'approcha.

- C'est par là, dit-elle. Nous pensons que cela devait servir à faire cuire quelque chose, ou alors pour des rites religieux peut-être, car cette place est centrale. N'oublions pas qu'ils étaient polythéistes, ils croyaient en plusieurs dieux, alors c'était probablement pour un évènement particulier, une cérémonie. Elle leur fit signe de la suivre.

Zoé observait chaque détail, essayant de superposer son rêve, à la réalité. Elle s'arrêta devant le cercle de pierre entièrement dégagé, son cœur se mit à tambouriner, elle s'approcha et passa sa main dessus en souriant. Elle releva la tête et observa de nouveau l'amas rocheux au loin. Elle se trouvait au même endroit.

- C'est là ! Affirma-t-elle avec conviction.

- Là quoi ? Reprit d'un air étonné l'archéologue.

- Vous n'auriez pas trouvé un plat, ou une coupe de forme concave sûrement en or avec des inscriptions sur le bord ?

- Un plat concave ou une coupe en or ? Répéta-t-il stupéfait. Euh ! Toutes nos trouvailles sont conservées au musée. Il y a des bijoux, des statues, des plats, des amphores… mais je ne comprends pas.

- Vous avez des photos ? Insista Zoé avec enthousiasme.

L'homme leur fit signe de les suivre sous sa tente installée à proximité de la cité.

- Que recherche-t-elle ? Demanda le prince Ayoub en se penchant vers Sophie.

- Le secret de la cité d'Ubar, répondit-elle d'un air mutin.

- Mais qui est-elle ? Interrogea le prince en fixant Zoé qui s'éloignait.

- Un messager du temps, répliqua Sophie en lui faisant un clin d'œil.

Le prince Ayoub resta figé de surprise. Il se dirigea alors d'un pas rapide vers Zoé et monsieur Wilmer ne voulant rien rater de cette aventure.

L'homme tendit une tablette à Zoé qui fit défiler chaque objet lentement, les observant avec attention. Elle poussa un petit cri, et tout le monde se pencha sur son épaule.

- C'est ça ! Dit-elle en montrant un plat immense de forme concave, on y voyait des inscriptions ornant le pourtour, au centre se trouvait quatre petites griffes en relief.

- Pourrions-nous le faire venir ? Demanda-t-elle en se tournant vers l'archéologue.

- Non ! C'est impossible, les objets doivent rester au musée. Mais comment connaissiez-vous son existence nous n'avons rien révélé de nos découvertes ?

Zoé sourit en le regardant, comment lui expliquer, sans qu'il la prenne pour une folle ?

- Allez me le chercher immédiatement, prenez un des hélicoptères et dépêchez-vous, ordonna le roi Hamad avec impatience.

L'homme fit une révérence et s'en alla brusquement.

- Cela a des avantages d'être roi, murmura Sophie en souriant.

- Oui quand les gens respectent le protocole, rétorqua le prince Ayoub avec un sourire en coin.

Sophie rougit en se rappelant son manque total de tact, elle ouvrit la bouche pour s'excuser de nouveau, mais le prince leva la main.

- Non ! Vous aviez raison, n'en parlons plus et puis je ne sais pas vous, mais moi je commence à prendre goût à cette aventure. Je me demande bien ce que vous allez faire Zoé de ce vieux plat ? Et comment pouviez-vous savoir qu'il existait ?

- La magie des Aad, prince Ayoub, répondit Zoé en souriant de nouveau. GRIMA vint se frotter contre ses jambes. Elle se pencha et le caressa tendrement.

- Mais tout ça c'est grâce à lui, reconnut-t-elle doucement.

- Un chat ! C'est impossible ! S'écria le prince Ayoub avec stupéfaction.

Le roi Hamad se mit à rire.

- Je te l'avais dit, il faut toujours laisser la place à l'incompréhensible, le passé, les mystères. Le monde n'est pas blanc ou noir, il y a énormément de zones grises, que nous devons découvrir, comprendre et parfois savoir accepter.

Monsieur Wilmer revint près d'eux essoufflé.

- Votre altesse dit-il au roi Hamad, j'ai envoyé un homme nous chercher cet objet.

Zoé s'approcha doucement et montra du doigt l'amas rocheux.

- Je voudrais me rendre là-bas, on dirait qu'il y a une grotte n'est-ce pas ?

- Euh ! Oui, mais il n'y a rien de particulier, nous avons juste découvert une salle voutée avec des bancs sur les côtés. Nous supposons que cela devait être un poste de garde avancé, pour surveiller la cité et tous ceux qui s'en approchaient.

Zoé pencha la tête l'observant un long moment en silence, puis, elle secoua doucement la tête.

- Non !

Il y eut derrière elle des petits cris d'étonnement.

- Vous oubliez, reprit-elle avec conviction que nous parlons des Aad. Des géants, qui pratiquaient la magie, qui étaient polythéistes c'est vrai, et s'adonnaient à tous les plaisirs. Ils construisaient généralement des édifices en hauteur souvent adossés à des montagnes, des collines. Ils avaient un égo démesuré, ils dominaient le monde. Croyez-vous sincèrement, qu'ils auraient pu accepter de vivre auprès du peuple, au même niveau que lui ? Ils ont déclenché la fureur d'Allah qui envoya le prophète Houd, justement parce qu'ils se croyaient supérieurs aux autres.

- Oui, allons voir cela de plus près, affirma le roi Hamad, en prenant le bras de Nanny, j'ai hâte de découvrir cet endroit.

Ils se mirent en marche avec détermination et ce pauvre monsieur Wilmer se mit à courir pour les rattraper.

Sous la chaleur écrasante du désert cette petite excursion devint rapidement pénible.

- Nanny tu vas bien ? Demanda avec inquiétude Nicolas.

- Je dois avouer, que ce lieu bien que magnifique est éprouvant pour l'organisme, on étouffe, mais rien ne pourrait m'empêcher de voir ce que renferme cette grotte. Tu penses à quoi Zoé ?

Celle-ci gardait les yeux fixés sur l'amas rocheux.

- J'ai vu la famille royale des Aad, se tenir debout sur une immense terrasse. Bien sûr cet amas rocheux, me semblait plus grand, mais monsieur Wilmer nous a précisé que le sable avait tout recouvert.

- Les Aad ! Quels Aad ? Ils ont tous disparu, répliqua Noam.

- Noam vous oubliez un détail précieux, ils pratiquaient la magie, et je pense que d'ici ce soir, vous verrez de quoi ils étaient capables, répondit Zoé en se tournant vers lui.

- Aaah ! Vous êtes vraiment crédule Zoé. Enfin c'est de votre âge.

- Noam ! Cela suffit, rétorqua avec autorité le roi Hamad.

Lorsqu'ils arrivèrent devant la grotte, Zoé s'approcha du bord, observant les vestiges de la cité disparue.

- Ils aimaient regarder d'ici le peuple, ils étaient très orgueilleux, de cet endroit ils admiraient leur pouvoir, la richesse de leur cité. Elle se retourna et pénétra dans la grotte.

Il y avait de chaque côté des bancs creusés dans la pierre.

- Vous voyez, il n'y a rien de bien intéressant, précisa monsieur Wilmer.

Zoé leva la tête, le plafond se trouvait environ à deux mètres du sol.

- Il faut creuser !

- Creuser ! Comment ça ? Interrogea le prince Ayoub qui effleurait le plafond.

- Vous êtes grand prince Ayoub, et vous touchez presque le plafond de cette grotte. Les Aad étaient des géants, ce que vous prenez pour des bancs devaient être des étagères peut-être. Je suis persuadée que nous devons déblayer le sol, vous découvrirez la terrasse qui dominait l'entrée de cette salle affirma Zoé avec conviction.

Monsieur Wilmer regardait par terre d'un air stupéfait.

- Vous n'avez jamais creusé ici ? Demanda le prince Ayoub.

- Euh ! Non ! Cela nous semblait sans intérêt et il y a tant à découvrir en contrebas. Vous savez je reste persuadé que le palais se trouve au cœur de la cité.

- Pff ! Ignorant, répliqua Wassim. Zoé a raison, si nous compilons toutes nos connaissances sur les Aad, il est évident, qu'ils aimaient les édifices, qu'ils se croyaient supérieurs aux autres, ils n'auraient jamais toléré de vivre parmi de simples humains.

- Vous allez me creuser ce site et l'entrée de la grotte aussi, et par pitié n'y allez pas avec vos petits pinceaux, ordonna le roi Hamad. J'ai hâte de savoir ce que recèle cet endroit.

- Mais votre altesse je…

- Dépêchez-vous, vous avez juste quelques jours, mettez tout le personnel nécessaire et surtout si vous découvrez quoi que ce soit, je veux en être immédiatement informé.

Ils entendirent le bruit d'un hélicoptère et décidèrent de regagner le camp, c'était sûrement l'objet qu'on avait rapporté du musée.

La chaleur étouffante rendit le retour plus difficile et Nanny se laissa lourdement tomber dans un fauteuil, le souverain prit place à ses côtés.

- Je dois avouer qu'il fait chaud, murmura Céline en s'essuyant le front.

- Et maintenant que fait-on ? Demanda Paul en regardant le plat concave posé au milieu de la table qui étincelait de mille feux.

Ils restèrent subjugués devant la beauté des gravures. Zoé s'approcha et passa son doigt au-dessus des inscriptions qui ornaient le bord du plat.

- Qu'est-ce qui est écrit ? Interrogea-t-elle en se tournant vers Wassim.

Monsieur Wilmer sortit un document d'un classeur.

- Nous avons déjà traduit ces inscriptions, il s'agit de…

- Des phrases qui riment, dans une langue ancienne, c'est à la gloire des Aad, le coupa Wassim. Là il est précisé :

« Que celui qui touche les étoiles, qui côtoie les dieux,

Montre toute sa magie, ce don miraculeux.

Que le rayon de la vérité illumine les cieux. »

- Waouh ! Ils étaient de véritables poètes et vraiment super modestes, ironisa Sophie.

- Moi, je trouve cela plutôt flippant, murmura Marc en grimaçant. Qu'est-ce que tu veux faire avec ce vieux truc ?

- Hum ! Maaarc enfin, c'est un vestige du passé, une antiquité, précisa Nanny.

- Il a raison Marc, tu veux faire quoi maintenant ? Insista Mathieu.

- Nous allons attendre la nuit, il devait être minuit je pense. Votre altesse est-il possible de rester ?

Le roi Hamad fut surpris d'une telle requête, puis il sourit en se tournant vers Nanny.

- Je rêvais de te montrer un coucher de soleil au cœur du désert, je pense que c'est l'occasion ou jamais.

Puis il se tourna vers le prince Ayoub.

- Si tu le désires, tu peux retourner au palais avec Noam et Naïm.

- Et rater une telle occasion ? Je dois avouer père que la curiosité s'empare de moi. Je me demande bien ce que nous allons découvrir à minuit.

- C'est parfait ! Nous restons tous, ordonna le roi Hamad. Monsieur Wilmer faites évacuer vos employés, vous seul serez autorisé à rester avec nous.

L'homme s'inclina respectueusement avant de se retirer.

Zoé se leva et marcha de long en large semblant réfléchir intensément.

- Que se passe-t-il Zoé ? Demanda intriguée Martine.

- Wassim a parlé de phrases qui rimaient. Vous vous souvenez dans mon rêve, je décrivais un chant mélodieux. Je pense qu'il s'agit d'une incantation. Votre altesse vous avez bien apporté ce que je vous ai demandé ?

- Bien sûr ! Affirma le roi en faisant un signe à son assistant, qui ouvrit une boîte dans laquelle reposait l'émeraude, l'œil d'Ubar.

- Que comptes-tu faire avec ? Interrogea Éric en s'approchant. Tu songes à quoi ? Tu penses à de la sorcellerie ?

- Pas de la sorcellerie, plutôt de la magie. Maintenant, regardez au fond de ce plat concave, vous voyez ces quatre petites griffes surélevées ? Elles servent à supporter l'émeraude. Je me souviens que chaque membre de la famille royale avait un pendentif avec une émeraude similaire à leur cou.

La journée s'écoula doucement, ils restèrent à l'abri sous la tente. Wassim apprenait à Zoé l'incantation figurant sur le plat. Elle s'appliquait à reproduire chaque mot en essayant de moduler, comme la jeune femme de son rêve.

Le soir venu, l'exaltation s'empara de tout le groupe. Zoé regarda Nanny s'éloigner avec le roi Hamad, pour assister au coucher du soleil du haut d'une dune.

- Cela me fait drôle de voir ainsi ma grand-mère, murmura avec émotion Nicolas.

- Je trouve cela touchant, insista Sophie. Tu imagines, ils s'aimaient, mais à cause des traditions, du protocole, ils ont dû renoncer à leur amour. Si je devais te quitter Nicolas, je préfèrerais mourir, dit-elle les yeux embués de larmes.

Nicolas l'embrassa tendrement.

- C'est vrai ! Vu sous cet angle, je prends conscience du sacrifice auquel ils ont consenti.

Nicolas se baissa vers GRIMA qui se frottait contre ses jambes.

- Dans le fond c'est encore grâce à toi, si j'ai pu découvrir des aspects inconnus de ma grand-mère.

- GRIMA est incroyable, il protège ceux qu'il aime et surtout il nous apporte le bonheur. Peut-être que c'était au tour de Nanny, précisa Zoé tendrement. Elle s'occupe de nous en permanence, ce n'est que justice de voir ses yeux briller, elle semble si heureuse. Tu as vu comme elle a rajeuni ?

- C'est vrai, elle devient plus coquette, affirma Céline en souriant doucement.

- Ah ! L'amour, cela fait un bien fou ! Avant de rencontrer Martine, je pensais finir ma vie tout seul, et voilà que cette charmante pâtissière a bouleversé mon quotidien. Mon existence a pris des couleurs et aussi, continua Paul en faisant un clin d'œil au groupe, elle y a insufflé l'aventure. Chaque journée est un réel bonheur.

Le prince Ayoub regardait son père au loin tenant la main de Nanny, il sourit en se tournant vers Zoé.

- Depuis sa crise cardiaque, il avait perdu cette petite flamme, cette envie de croquer la vie avec plaisir. Quand il a envoyé en France Amir, j'étais sceptique.

Sophie gloussa de rire près de lui.

- Eh oui ! Dit-il en pouffant, je vais finir par croire que je mérite ce surnom, mais je dois reconnaître que mon frère et mon père ne sont plus les mêmes. Amir qui était timide et renfermé, s'est affirmé, il a muri et mon père a retrouvé sa joie de vivre. Rien que pour tout ça, je dois vous remercier.

Amir s'approcha de son frère il lui tapota l'épaule.

Vers vingt-trois heures trente, ils s'approchèrent de la place centrale. Le plat fut déposé au centre.

Un grand silence se fit, Zoé leva les yeux vers l'immensité de la voie lactée. Les étoiles brillaient de mille feux. Son cœur se mit à battre de façon erratique, et si elle s'était trompée ? Et si elle décevait tous ses amis ? GRIMA s'approcha d'elle, se frotta contre ses jambes en ronronnant. Il la soutenait, il savait ! Et Zoé le remercia d'un sourire. Son regard vert étincelait dans la nuit, lui aussi avait hâte de voir la magie des Aad.

Elle pivota, sur sa gauche se trouvait tous ses amis avec monsieur Wilmer qui fronçait les sourcils, de l'autre côté se tenait le roi Hamad avec Nanny, le prince Ayoub, Amir et les jumeaux.

À minuit, Zoé s'humecta les lèvres, s'approcha doucement, elle déposa au centre l'œil d'Ubar et leva les bras vers le ciel. Elle crut entendre un soupir de la part de Noam, décidément il était toujours aussi méfiant. Zoé se reconcentra, elle ne devait pas céder à la panique. Elle essaya de rendre sa voix mélodieuse et d'une voix forte récita l'incantation.

Un faisceau vert lumineux fit scintiller l'or du plat, il s'éleva vers le ciel, puis balaya l'amas rocheux, où elle avait aperçu la famille royale. Ils assistèrent à un spectacle inouï, le ciel s'illumina de vert fluo. Zoé entendait les exclamations derrière elle. Le rayon se transforma comme dans son rêve, prenant la forme d'une silhouette, celle d'un géant qui les observa un long moment.

- C'est un hologramme ! S'écria le prince Ayoub.

Le géant toucha le sol face à eux, les gardes du roi se rapprochèrent, mais d'un geste il leur intima de rester à leur place.

Devant Zoé le géant inclina la tête en souriant légèrement, puis il se tourna vers la famille royale, et mit un genou à terre, il posa sa main sur son cœur.

Tout le monde semblait pétrifié.

- C'est impossible ! Murmura Noam stupéfait.

Le prince Ayoub fit un pas en avant et tendit son index vers la silhouette qui le dominait. Le géant tendit le sien et effleura le doigt du prince. Celui-ci ouvrit grand la bouche et se tourna vers Zoé.

Le géant se redressa, sa silhouette sembla se diluer comme par magie. Le rayon s'éleva de nouveau dans les airs, avant de disparaître.

- Mais c'était quoi ? S'exclama le prince Ayoub sous le choc de cette rencontre. Ce n'était pas un hologramme j'ai senti le contact de son doigt.

- Comment vous expliquez cela monsieur Wilmer ? Demanda le roi Hamad avec autorité.

- Euh ! Votre …votre altesse, je ne me l'explique pas, à vrai dire, je doute de ce que je viens de voir, c'est tellement improbable, illogique. On… on dirait un hologramme, mais une version améliorée, car le prince Ayoub affirme avoir touché ce… géant.

Monsieur Wilmer essuya ses lunettes avant de les rajuster, il toussota légèrement et reprit.

- Il est vrai qu'il existe des objets étranges, par exemple le Drake's Drum, appelé également le tambour de Drake. Il s'agit d'une boîte appartenant à l'explorateur Sir Francis Drake, il la ramena de l'une de ses expéditions. À sa mort on découvrit que cette boîte émettait des bruits dès qu'on s'approchait, comme une mise en garde, et que celui qui osait la toucher voyait apparaître le fantôme de Sir Drake. Alors oui, c'est vrai nous n'avons pas toujours la réponse à ces mystères. L'histoire est surprenante.

- Waouh ! Trop cool, s'écrièrent Marc, et Mathieu.

- Eh ! Vous êtes de grands malades ? On parle de se trouver face à un fantôme, qui peut avoir envie de ça ? C'est plutôt flippant, s'insurgea Sophie en frissonnant.

- Tu en penses quoi Zoé ? Demanda Mathieu.

Zoé avec un sourire sur les lèvres, précisa.

- C'était la magie des Aad. Vous venez de rencontrer un géant, la légende est véridique, les récits sont exacts !

- C'est impossible ! C'est illogique ! Reprit Noam éberlué. Cela défie toutes les règles.

- Dans la vie tout n'est pas blanc ou noir, je te l'ai déjà dit, tu ne m'écoutes jamais, murmura le roi Hamad. Oh ! Zoé vous venez de réaliser un de mes rêves, je n'en reviens pas. Pince-moi Clarie, je dois dormir.

- Pas besoin, mon ami, nous l'avons tous vu. Tu comprends pourquoi je te disais que chaque aventure était incroyable. Zoé nous fait revivre avec GRIMA les légendes oubliées.

Zoé se pencha pour récupérer l'œil d'Ubar qu'elle remit au roi.

- Gardez-le précieusement, je pense que nous en aurons bientôt besoin de nouveau.

- Mais … je n'en crois pas mes yeux, répétait ce pauvre monsieur Wilmer dépassé par les évènements, c'est impossible.

- Pff ! Des piquets de tente, mon œil ! Rétorqua moqueur, Wassim.

Tout le groupe pouffa de rire.

- Et maintenant ? Demanda avec empressement Naïm.

- Maintenant ? Reprit en souriant Zoé, nous devons découvrir le mystère De l'Atlantis des sables, il se trouve là, dit-elle en montrant l'amas rocheux.

- Wilmer vous avez intérêt à me creuser rapidement cet endroit, répliqua le roi Hamad avec autorité.

- Oh ! Altesse croyez-moi, après ce que je viens de voir, je prendrai s'il le faut moi-même la pelle. Je suis toujours sous le choc de ce que je viens d'être témoin. Et je veux savoir ce que cache cette grotte. Zoé vous … vous…

- Ne dites rien, le coupa Mathieu en tapotant son dos, vous ne trouverez pas le mot qui convient. Zoé est unique, avec GRIMA ils forment un duo exceptionnel. Croyez-moi l'aventure ne fait que commencer.

Ils s'esclaffèrent devant leurs mines éberluées.

- Nanny je retrouve ma jeunesse mon entrain, et tout ça grâce à vous tous. Je vis quelque chose d'incroyable et j'adore cela, affirma le roi Hamad joyeusement. Franchement je ne pouvais rêver meilleure retraite. C'est dommage mon fils, dit-il en tapant dans le dos du prince Ayoub, les affaires t'appellent, on te racontera la suite.

- Quoi ? Pas question ! S'offusqua ce dernier, tu m'as dit qu'un bon souverain devait s'ouvrir, ne pas avoir un esprit étriqué, avec Naïm nous continuerons avec vous. Nous avons aussi droit à des jours de congés, nous délèguerons nos affaires n'est-ce pas Naïm ?

- Comme si j'allais abandonner maintenant, répliqua celui-ci. J'ai hâte de savoir quel mystère cache cette grotte.

Zoé et ses amis éclatèrent de rire, devant leur enthousiasme.

- Vous croyez que nous retrouverons la tablette prouvant notre légitimité sur ce royaume ? Demanda le roi Hamad en fixant la grotte.

- Qui sait ? Si j'ai appris une chose avec GRIMA c'est de ne jamais douter, de s'attendre à tout, la vie est faite de surprises inimaginables. Zoé se pencha, prit GRIMA dans ses bras. Surtout ce petit voyou m'a enseigné une chose essentielle, il faut toujours aller au bout, ne jamais renoncer devant la difficulté. Nous trouverons ensemble votre altesse.

CHAPITRE 8

Le plus difficile fut d'attendre, ils avaient tellement hâte de découvrir le secret de cette grotte. Wassim s'approcha tout sourire de Zoé.

- Vous donnez vie à mon rêve. Je suis persuadé que la légende de la lance de Kenza est étroitement liée à Ubar et donc à l'origine de notre royaume.

- Je le pense aussi Wassim, et nous allons le prouver.

- Vous pensez que nous retrouverons la tablette dans cette grotte ?

- Peut-être, ou bien un indice nous y menant.

- Mais comment faites-vous pour rester aussi calme ?

Zoé pouffa de rire.

- Probablement l'habitude, GRIMA m'a fait vivre de telles aventures que plus rien ne peut me surprendre. Tout est possible !

Wassim poussa un long soupir de soulagement. Il se tourna vers le groupe.

- Aujourd'hui nous vous avons organisé une surprise, vous allez assister au vol des faucons dans le désert.

Ils poussèrent des cris enthousiastes.

- C'est l'une de nos activités favorites, au départ c'était une méthode de chasse traditionnelle des hommes du désert. De nos jours, c'est plus un sport, on l'appelle d'ailleurs le « sport des princes », il reflète un certain statut social. C'est un art véritable auquel vous allez participer, précisa Wassim.

- Je vais te montrer ce qu'est un véritable guerrier du désert Clarie, affirma le roi Hamad qui venait d'apparaître.

Il portait une tenue typique de son pays et Nanny gloussa de plaisir, ce qui fit pouffer de rire Zoé et ses amis.

- Je ne la reconnais plus, murmura Sophie en souriant tendrement.

- Merci Zoé, d'offrir tant de bonheur à ma grand-mère, précisa Nicolas.

- Oh ! Mais moi je n'ai rien fait, c'est ce coquin de GRIMA. Dis donc toi, tu vas te tenir tranquille avec tous ces oiseaux autour de nous, n'oublie pas ce sont des prédateurs, ils ne feraient qu'une bouchée de toi.

GRIMA, grogna comme s'il se sentait offusqué par ces propos, et Zoé le prit dans ses bras pour le câliner.

- Venez ! Les voitures nous attendent, indiqua Wassim en leur faisant signe.

Mais en arrivant devant les véhicules Zoé se figea, l'un des 4x4 était rouge, GRIMA se crispa dans ses bras.

- Euh ! Amir, serait-il possible d'en prendre un autre ? Demanda-t-elle avec inquiétude.

Celui-ci fronça les sourcils.

- Mais pourquoi ? Qu'est-ce qui te déplait ?

- Il… il est rouge, je sais c'est idiot, mais tu te rappelles ce fameux rêve, les bulles, le chiffon rouge. C'est irrationnel, stupide, mais je préfère éviter cette voiture. On peut toujours se serrer dans les autres ?

Amir regarda autour de lui et aperçut, un chauffeur qui s'apprêtait à partir. Il lui fit signe, l'homme s'empressa de le rejoindre. Ils échangèrent quelques mots et Amir se tourna vers ses amis tout sourire.

- Voilà c'est arrangé, il prendra celle-ci, il doit se rendre en ville pour faire des courses, et nous prendrons la sienne, tu n'as rien contre la couleur noire ?

- Cela ne le dérange pas ? Interrogea avec inquiétude Zoé, Je sais c'est absurde mais tu le sais, à chaque fois que je néglige un détail, un accident arrive, et je m'en veux tellement pour Nicolas.

- Eh ! Je vais bien Zoé, arrête de culpabiliser. Tu ne peux pas tout prévoir.

Zoé le remercia d'un regard, et ils s'engouffrèrent dans les véhicules. Lorsqu'ils arrivèrent au cœur du désert ils furent surpris par la chaleur étouffante. Zoé tournoya sur elle-même, le spectacle de cette mer de sable était impressionnant, il y avait des dunes à perte de vue. Mathieu se figea.

- Je n'en reviens pas, regardez au loin, il y a une rivière.

Amir pouffa de rire.

- C'est une rivière imaginaire, mon ami. En fait, tu vois le reflet du ciel, sur des couches d'air qui se trouvent au ras du sol. En raison de la chaleur excessive, cet air est surchauffé. Les ondulations brouillent les contours et cela a pour effet de déformer les perspectives, ce que tu vois est juste un mirage.

- Un mirage ! Répéta incrédule Mathieu. C'est vrai qu'il fait tellement chaud que j'ai l'impression d'avoir la tête dans un four allumé, même ma gorge me brûle, mes poumons vont se dessécher, tu crois que cela peut arriver ?

- Si tu n'avais pas insisté pour mettre la clim à fond dans la voiture, tu n'aurais pas la sensation de passer d'un congélateur à un four. On se prend un p..tain de choc thermique, se moqua Marc en riant.

- Maaaarc ! Décidément tu es incorrigible, le gronda Nanny en souriant. Bon je l'avoue cette chaleur est suffocante, je dois être rouge comme une tomate, murmura-t-elle en s'essuyant le front. Elle jeta un bref coup d'œil vers le roi Hamad qui parlait à ses employés. Lui semble si à l'aise, frais comme un gardon, elle soupira, mais comment fait-il pour rester aussi séduisant avec cette fournaise ?

Marc mit sa main sur son bras.

- Peu importe, on voit bien qu'à ses yeux vous serez toujours la plus belle. Il voit le diamant en vous Nanny.

- Le dia… Oh ! Tu vas me faire rougir encore plus, chenapan. Elle posa sa main sur la joue de Marc. Toi ! Tu es exceptionnel, tu es pour moi comme un petit-fils.

Ému Marc l'embrassa sur la joue.

- Dois-je en être jaloux ? S'exclama le roi Hamad en souriant.

Un brouhaha se fit entendre à ce moment-là autour de lui, un serviteur lui apporta un faucon à l'air impressionnant.

- Ouh là là ! J'espère qu'ils sont bien dressés ces oiseaux, ils me regardent d'un drôle d'air, murmura Sophie inquiète.

- Je dois avouer que ce n'est pas rassurant, précisa Céline près d'elle.

Le roi s'approcha d'eux, tenant sur son avant-bras ce rapace majestueux.

- Tu vas découvrir l'une de mes passions ma gazelle du désert, affirma le roi Hamad, en lançant une œillade incendiaire à Nanny.

- Ma ga… gazelle du désert ! Reprit interloqué Marc les yeux grands ouverts.

Le roi s'éloigna et Nanny croisa les bras en regardant Marc avec attention.

- Non, non ! Rien, c'est juste que…. Je ne… savais pas qu'il y avait des gazelles dans le désert, marmonna Marc en se retenant de rire.

- Il est attentionné et charmant, vous devriez prendre exemple sur lui, c'est un véritable séducteur, insista-t-elle en souriant tendrement.

- Il est surtout fou de vous, répliqua Zoé en lui faisant un clin d'œil.

Nanny rosit, comme toujours. C'était amusant de découvrir cette femme si déterminée, si sûre d'elle-même, redevenir une personne timide, la jeune fille amoureuse qu'elle avait dû être.

Voir ces faucons impressionnants s'élever dans les airs, donna à Zoé un sentiment intense de liberté. Le roi Hamad était profondément heureux, elle percevait en lui le guerrier sauvage en harmonie avec ce milieu hostile, il était dans son élément. Nanny aussi paraissait sous le charme de ce sport, ainsi que tous ses amis.

Un repas traditionnel leur fut servi sous une tente, la féérie continuait, le temps semblait s'effacer comme par magie.

De retour au palais, ils rejoignirent leurs suites, et Zoé découvrit Maryam en pleurs dans le couloir.

- Que se passe-t-il Maryam ? Si on vous donne trop de travail, n'hésitez pas à nous le dire, nous pouvons nous débrouiller, nous avons l'habitude.

- J'espère que ma petite princesse Miya n'a pas fait de bêtises ? Sinon laissez-là Maryam je m'en occuperai moi-même, confirma Marc inquiet de la voir ainsi.

- Non ! Vous êtes si gentils, vous faites vos lits, vous rangez derrière vous, si tous les invités étaient comme vous, je serais au chômage, dit-elle entre deux sanglots. Non, c'est mon… mon mari, il a eu un accident ce matin.

- Oh ! Je suis désolée, s'écria Céline en s'approchant. Comment va-t-il ?

- Il a le bras cassé, mais il s'est fait disputer, il a fracassé le véhicule du palais. Pourtant c'est un très bon chauffeur, je vous assure. Il prétend que la voiture est devenue folle, elle n'obéissait plus. Il l'a vue accélérer toute seule et foncer dans un mur.

- Bon sang ! Il aurait pu se tuer, c'est tragique. Ne vous inquiétez pas, je parlerai au roi Hamad, il comprendra que ce n'était qu'un accident, précisa Nanny.

- Non ! Non ! Je vous en prie n'en dites rien, supplia Maryam avec angoisse. Je ne veux pas que mon mari perde son emploi.

- Cela n'arrivera pas, affirma Amir avec conviction en arrivant près d'elle. Ne vous inquiétez pas Maryam.

Celle-ci hocha la tête doucement en essuyant ses larmes et reprit son chemin. Zoé l'interpella.

- De quelle couleur était cette voiture ?

- D'habitude il prend toujours le même véhicule un 4x4 noir, mais ce matin on lui a demandé de changer de voiture, il a pris une rouge.

Zoé sentit son sang se glacer. Éric mit sa main sur son épaule, ils regardèrent Maryam disparaître au fond du couloir.

- C'est étrange, tu crois que cela a un rapport avec ton rêve ? Murmura-t-il à son oreille.

Zoé plissa les yeux.

- Amir, les voitures sont équipées de la dernière technologie n'est-ce pas ?

- Oui bien sûr ! Tous les véhicules du palais représentent le prestige de notre royaume pourquoi ?

- Je vois à quoi tu penses ! Le coupa Paul. Sont-ils équipés Amir du pilotage automatique ?

- Quoi ! Mais que voulez-vous dire ? Il s'agit juste d'un simple accident.

- Non ! Zoé a raison, nous devions prendre ce véhicule, affirma Martine.

- Amir j'ai un mauvais pressentiment, peux-tu vérifier si l'autopilote a pu s'activer tout seul ? Peut-être un dysfonctionnement, à moins que…

- À moins que quoi ? Insista Amir.

Zoé se mordilla les lèvres, semblant réfléchir intensément.

- As-tu eu une réponse du fabricant pour le détendeur ?

- Quoi ! Mais quel rapport ? Tu ne penses tout de même pas que ces accidents sont liés ?

GRIMA à ce moment-là se dressa sur ses pattes arrières s'appuyant sur les cuisses de Zoé, qui le prit dans ses bras. Son regard vert, la fixa avec intensité.

- Je … je n'en sais rien, disons que… Euh ! Je crois que nous devrions rester sur nos gardes. Après tout Amir, nous savons que tout le monde n'a pas forcément envie de nous voir retrouver cette tablette. Tu l'as dit toi-même, la situation est explosive, et si notre venue dérangeait ? Nous aurions dû prendre ce véhicule. En changeant au dernier moment, leur plan a été déjoué. Réfléchissons un instant. Si l'un d'entre nous était blessé, quelle serait notre décision ?

- Je suppose que nous ne resterions pas ici, murmura Éric.

- Exactement ! C'est peut-être ce qu'ils veulent, affirma Zoé.

- Mais qui ? Interrogea perplexe Sophie.

Amir passa sa main dans ses cheveux, inquiet de la tournure des évènements.

- Je… je vais en parler à mon père.

- Surtout pas Amir ! Ordonna Nanny. Ton père n'a pas besoin de soucis supplémentaires. Nous serons prudents c'est tout, Zoé a raison. Nous devons découvrir qui se cache derrière tout ça. Toi Amir, essaye de savoir si le fabricant du détendeur a déjà une idée de ce qui s'est passé ? Et demande aussi qu'on regarde de plus près la voiture ? Mais essaye d'être discret, ils ne doivent pas comprendre qu'on se doute de quelque chose.

Amir hocha la tête et s'en alla rapidement.

- Quelle histoire ! Je m'inquiète pour Michel, soupira avec angoisse Céline.

- Nous parlerons à Maryam, nous lui expliquerons nos doutes, et je suis persuadée, qu'elle veillera personnellement sur ton bébé. Elle aussi voudra prouver que son mari n'est pas responsable de cet accident.

Juste avant de rejoindre la famille royale, Amir retourna voir ses amis, il était blême.

- Le détendeur ainsi que la voiture ne sont plus là.

- Comment ça ? Interrogea Paul en plissant les yeux.

- Le détendeur n'a jamais quitté le palais. Nous ne retrouvons plus sa trace, et la voiture a été emmenée dans un lieu inconnu.

- C'est fou ! C'est du délire ! Répliqua Mathieu.

- Si… si vous voulez abandonner je le comprendrai fort bien, affirma Amir en regardant ses amis.

- Enfin Amir ! Il n'en est pas question, répliqua Nanny avec détermination. Nous avons promis de t'aider à ramener la paix dans ton pays. C'est juste… comment dire…

- Une m… de plus, précisa Marc.

- Maaaarc ! Décidément tu ne peux pas t'en empêcher, s'offusqua Nanny.

Elle regarda, ses amis avec tendresse.

- Merci à vous tous. C'est vrai qu'en plus d'un mystère à résoudre, nous nous trouvons devant une situation épineuse, mais Hamad et Amir ont besoin de nous, alors merci de continuer, vous êtes incroyables.

- Nous réussirons tous ensemble. Au fait, Amir, nous avons mis Maryam dans la confidence, elle aussi veut savoir qui se cache derrière tout ça, et elle protégera Michel.

Il hocha la tête. Zoé intercepta Wassim, qui passait près d'eux.

- Je m'interrogeais, si nous ne retrouvions pas la tablette, que se passerait-il ?

L'homme ouvrit de grands yeux.

- Oh ! Ce serait une catastrophe. Cette tribu Adur, cherche à déstabiliser le pouvoir. Elle empêche l'extraction du gaz, et avec toutes les attaques terroristes, que nous subissons, je suppose qu'ils tenteraient de renverser le pouvoir en prouvant que la famille royale en place n'est pas légitime.

- Qui gouvernerait alors ? Interrogea Zoé.

- Ceux qui seraient en droit de revendiquer le trône, pourraient être les jumeaux Naïm et Noam. Ce qui est ridicule car Naïm travaille avec mon frère, je ne vois pas l'intérêt, intervint Amir l'air contrarié.

- La vengeance, est souvent une bonne raison, murmura Céline.

Wassim grimaça.

- Euh ! C'est vrai, que les jumeaux ont été élevés au palais par leur grand-mère. Cette femme vouait une haine féroce envers le père du roi Hamad. N'oublions pas qu'il avait fait exécuter son fils et sa belle-fille.

- Oui mais le roi Hamad, l'a accueillie avec les enfants au palais, précisa Martine.

- C'était une femme aigrie, je n'ai jamais compris que notre souverain la laisse s'occuper des enfants, elle leur distillait sa haine au quotidien. Quand elle est morte, ce fut un soulagement je l'avoue. Noam et Naïm étaient alors de jeunes adultes. Toutefois Amir a raison, je crois que vous faites fausse route. Naïm s'entend très bien avec le prince Ayoub. En fait il codirige ce pays, c'est ridicule. Vous… vous doutez de réussir à retrouver cette tablette ? Demanda avec inquiétude Wassim.

- Non ! Nous la retrouverons, disons que… nous pensons que notre venue ne plait pas à tout le monde. Ne vous inquiétez pas Wassim nous y arriverons, affirma avec conviction Zoé en se dirigeant vers la salle à manger.

Les jours suivants, ils restèrent sur leurs gardes, l'ambiance était étrange, la suspicion régnait. Qui pouvait leur vouloir du mal ?

Le jeudi suivant le roi Hamad les fit convoquer, il semblait si impatient, il tapa dans ses mains de joie.

- Monsieur Wilmer vient de m'appeler, nous devons retourner immédiatement sur le site, une découverte magistrale nous y attend.

- Il a dit magistrale ? Répéta éberluée Nanny.

- Ce sont ses mots, et de sa part, cela doit être édifiant. Cet homme est si imperturbable. Il m'a même demandé de me dépêcher, faisant fi de tout protocole, précisa le roi Hamad en souriant.

Des cris de joies fusèrent, ils s'empressèrent de rejoindre les hélicoptères, mais Nicolas s'arrêta brusquement en blêmissant.

- Pourquoi chargeons-nous du matériel de plongée ?

- Euh ! Je sais que votre dernière expérience a été traumatisante, mais je suis certain que vous ne voudrez pas rater cela, nous serons avec vous mon jeune ami, affirma le roi Hamad, en mettant sa main sur son épaule.

- Qu'a découvert exactement monsieur Wilmer ? Demanda Zoé en se tournant vers le roi.

- Le secret de l'Atlantis des sables !

Ils exultèrent de bonheur en s'engouffrant dans les hélicoptères.

CHAPITRE 9

Ils survolèrent une nouvelle fois le site, et Zoé ne put s'empêcher de sourire en montrant du doigt la fameuse terrasse qui ressemblait en tout point à son rêve. C'était un immense espace circulaire entouré de rochers.

- Ils se tenaient exactement là, à cet endroit, dit-elle avec émotion.

La chaleur écrasante du désert les fit suffoquer.

- Heureusement on va se baigner, précisa Mathieu en montrant le matériel de plongée.

- Ouais ! Tu parles d'une chance, murmura dépité Nicolas.

Sophie lui prit la main pour le rassurer.

- Je plongerai à tes côtés, je resterai avec toi.

- Nous aussi reprirent en chœur ses amis.

Nicolas prit une grande respiration, il se tourna vers sa grand-mère et fronça les sourcils, Nanny était en train de demander des explications au roi Hamad sur ce qu'il fallait connaître, les techniques pour plonger.

- Grand-mère ?

- Oui ! Nicolas, pas question que je reste seule à attendre, je viens avec vous, ne cherche pas à m'en dissuader, et je serai près de toi pour te protéger.

Tout le groupe pouffa de rire, en imaginant Nanny en sauveteur.

- Oh ! Ne vous moquez pas ! Vous verrez de quoi je suis encore capable, et puis Hamad, m'aidera.

Les yeux pétillants, il lui sourit.

- Bien sûr, personne ne sera en danger je peux vous l'assurer, nous avons même une équipe de plongeurs-sauveteurs, ils seront prêts à intervenir en cas de besoin. Nous avons pensé à votre sécurité et Clarie, je veillerai spécialement sur toi, dit-il en la regardant avec tendresse.

Nicolas s'esclaffa.

- Alors si même ma grand-mère, plonge, je n'ai plus qu'à m'incliner.

- Hourra ! S'écrièrent ses amis.

Monsieur Wilmer, les attendait sur la terrasse, il semblait exulter de bonheur et leur fit signe de le rejoindre rapidement.

- Oh ! Votre altesse, c'est incroyable, nous avons creusé comme vous nous l'aviez demandé. Zoé avait raison, ce que nous prenions pour des bancs, devaient être des étagères. La grotte est immense. Cette première partie, affirma-t-il en entraînant le groupe à l'intérieur, devait être un hall, une entrée, ensuite nous avons découvert des escaliers qui descendent.

Zoé s'approcha, et aperçut les marches, mais en voyant une étendue d'eau noire, son cœur s'arrêta de battre.

- C'est quoi ?

- Nous savons qu'il y avait de très nombreuses nappes phréatiques, rappelez-vous, la végétation était luxuriante. Nous pensons d'ailleurs qu'une doline est responsable de la disparition de la cité mystérieuse d'Ubar.

- Hum ! Hum ! Et voilà qu'il recommence ! Gronda Wassim en fronçant les sourcils. Vous avez vite fait de tirer des conclusions encore une fois.

L'homme grimaça.

- Vous avez raison ! Et en voyant ce qui se trouve de l'autre côté Wassim, je vous dois déjà des excuses, j'avais tort !

Wassim ouvrit grand les yeux.

- Vous l'avez entendu ! Vous l'avez entendu !

Les autres pouffèrent de rire devant son air incrédule.

- Mais qu'y a-t-il sous cette eau noire ? Demanda le roi Hamad.

- C'est comme un long corridor. Au bout il faudra monter quelques marches, elles mènent à une salle spectaculaire, j'en ai pleuré, votre altesse. Bien sûr je n'ai touché à rien, je suis vite revenu pour vous avertir.

- Il en a pleuré ? Répéta d'un air éberlué Wassim en se ruant sur son matériel.

- Eh ! Mon ami, calme ta joie, nous allons bientôt découvrir ce fameux mystère, mais restons prudents.

- Votre altesse, vous n'avez pas oublié ? L'interrogea Zoé.

- Pas d'inquiétude Zoé, elle est là, dit-il en tapotant son torse.

- Mais de quoi parlez-vous ? Demanda Nanny en fronçant les sourcils, c'est quoi ce langage codé ?

- Tout va bien ma douce, tu verras.

- Ma douce ! Reprit Marc, il veut vraiment la pécho chuchota-t-il à ses amis.

Nanny qui regardait le roi Hamad s'éloigner pour parler à ses gardes, se retourna vers lui.

- Pécho ? C'est quoi ça !

- Euh ! Je veux dire…. En fait…

- C'est draguer, si vous préférez, répondit Sophie en souriant.

Nanny rougit en se mordillant les lèvres.

- Oh ! Arrêtez vos bêtises, Hamad est juste un très bon ami. Bon ! Alors vous attendez quoi pour vous habiller ? Répliqua-t-elle d'un air gêné.

Zoé s'approcha d'elle doucement.

- C'est génial ! Nanny, cet homme est fou de vous. Il faudrait être aveugle pour ne pas s'en rendre compte.

- Tu dis des sottises Zoé, nous sommes bien trop vieux, pour ça.

- Hum ! Je ne le crois pas, et GRIMA non plus d'ailleurs. Oh ! Mais j'y pense, il ne va pas pouvoir nous accompagner ?

- J'ai tout prévu affirma le roi Hamad en s'approchant. Nous allons le placer dans cette petite boîte spéciale, elle est alimentée en air, il ne souffrira pas, vous verrez.

GRIMA grogna un peu en voyant son mode de transport.

- C'est ça ou rester ici, tu as le choix GRIMA, conclut Zoé en le caressant.

Il se précipita dans la boîte, ce qui la fit rire. Des cabines avaient été installées pour leur permettre de revêtir les tenues de plongées.

- Ouh là là ! Cette eau est glacée, murmura Sophie qui venait de s'approcher. Heureusement monsieur Wilmer affirme que la traversée est rapide. L'autre salle est surélevée et donc au sec, tant mieux.

Amir, Noam, Naïm et le prince Ayoub passèrent en premier ils étaient les plus expérimentés du groupe et s'assurèrent que les autres suivaient. Le long corridor était immense, l'eau envahissait tout l'espace. Il y avait au moins six mètres entre le sol et le plafond, lorsqu'elle aperçut au loin les marches indiquant la sortie, Zoé sentit les battements de son cœur s'affoler. Amir s'était chargé de GRIMA pour lui faciliter la plongée. Les princes faisaient des allers retours, pour veiller à leur sécurité.

Ils se retrouvèrent dans une immense pièce très sombre, monsieur Wilmer éclaira l'endroit et Zoé remarqua un petit réceptacle sur le côté. Une coupe en or, avec quatre griffes surélevées, un modèle réduit de celle qui se trouvait sur la place. Elle fit signe au roi de s'approcher.

- Donnez là moi, s'il vous plait !

Le roi Hamad intrigué, lui tendit l'émeraude. Zoé la mit en place, un rayon vert s'éleva, la lumière se diffusa, progressivement jusqu'au fond de cette pièce spectaculaire, révélant la présence de centaines de colonnes, un millier en fait !

Cela ressemblait à une cathédrale, avec une hauteur sous plafond impressionnante. Mais ce qui les fit s'extasier ce fut la magnificence des lieux. Des colonnes d'argent, d'or et de pierres précieuses se dressaient scintillantes. Wassim tomba à genoux en pleurant.

- La cité aux mille colonnes ! La légende disait vraie.

- Oui mon ami, avoua monsieur Wilmer en mettant sa main sur son épaule.

Ils allèrent d'une colonne à l'autre.

- Waouh ! On pourrait faire des bijoux sensationnels avec tout ça, s'extasia Sophie les yeux brillants.

- Oh ! Sacrilège, s'écria Nanny, c'est un patrimoine précieux.

- Un trésor national, qui renferme peut-être l'origine de notre royaume, précisa avec émotion le roi Hamad.

- Les colonnes sont magnifiques, le sol, les murs sont brillants, tout est sublime, c'est ici que je veux vivre, s'exclama Sophie en tournoyant sur elle-même.

Nicolas éclata de rire, en la regardant.

- Ce goût pour la richesse, le luxe, a provoqué leur perte, rétorqua-t-il moqueur.

- Regarde si on prend juste une pierre, cela ne se remarquera même pas, on pourrait faire une bague somptueuse.

- Tu en as déjà une. Si ça continue tu devras te faire greffer des doigts, dit-il en grimaçant.

Sophie en souriant lui donna un petit coup de coude.

Il y avait des colonnes à perte de vue. Ils étaient tous sous le choc de cette découverte. Zoé s'approcha d'un des murs, elle passa sa main sur la paroi.

- C'est magnifique, mais c'est quoi ?

Éric s'approcha derrière elle.

- De l'obsidienne !

- Mais c'est quoi ! On dirait un miroir cela brille tellement.

- C'est de la roche volcanique vitreuse, qui peut avoir les propriétés d'une glace elle reflète l'image quand elle est polie. Les premiers miroirs en obsidienne furent découverts en Turquie six mille ans avant notre ère.

- Waouh ! C'est si vieux que ça ? Interrogea Martine admirative.

- Les femmes ne peuvent pas vivre sans, elles ont besoin de s'admirer, ironisa Nicolas.

- N'importe quoi ! Répliqua en souriant Sophie.

Tout le groupe s'était approché, pour toucher cette pierre étrange d'un noir brillant.

- Si vous observez bien précisa Éric, ils en ont recouvert tous les murs et le sol. Et les colonnes se reflètent dedans comme dans un miroir. Ce qui nous donne l'impression qu'il y en a des milliers. C'est un effet d'optique, une illusion. Regardez ils avaient créé un rideau d'eau qui ruisselle des bords du plafond sur les parois des murs, les rendant encore plus brillants, l'eau disparaît ensuite dans ces rigoles, dit-il en montrant du doigt l'installation. Ils étaient vraiment ingénieux.

- Mais, il n'y a pas de roche volcanique dans notre pays ? Fit remarquer Noam.

- N'oublions pas qu'Ubar accueillait des marchands du monde entier, ils ont très bien pu la faire venir de Turquie par exemple, ou d'un autre pays. Ils avaient les moyens, et la magie pour réaliser ce prodige, dit Céline émerveillée.

- C'est fou ! Affirma le prince Ayoub, je n'ai jamais rien vu d'aussi beau. On dirait que cette pièce est dix fois plus grande que la réalité.

- Oh ! Elle est déjà immense, on dirait une cathédrale, murmura avec admiration Nanny.

- C'est la salle du trône, précisa Martine, en montrant du doigt le fond de la salle.

- Un trône ici ! S'écria avec stupéfaction le roi Hamad en s'approchant.

- Ce fauteuil est grandiose, il devait être … géant leur roi, suggéra intimidé Mathieu, en admirant les dorures et les pierres précieuses incrustées.

- Vous permettez votre altesse, supplia-t-il en regardant le trône avec envie.

Le roi acquiesça en souriant.

- Pour une fois, je peux bien céder ma place, après tout ce n'est pas le mien.

Mathieu se hissa dessus avec un sourire immense.

- Il est en or, affirma Paul en l'observant de plus prés.

Il en redescendit brusquement.

- En or ? Oh ! Je me suis assis sur de l'or ?

Zoé libéra GRIMA qui commença à se promener dans toute la salle, quand elle entendit ses amis éclater de rire.

- On aurait dit un enfant sur la chaise de ses parents, tes pieds ne touchaient pas terre, affirma goguenard Marc.

Zoé reporta son attention sur GRIMA qui explorait les lieux minutieusement. Cette salle était richement décorée, près du trône se trouvait des objets précieux en or, des carafes, des verres, des plateaux. GRIMA se dirigea vers une immense table dissimulée dans un recoin.

En s'approchant, elle découvrit une sorte de carte de la région et trois tablettes gravées étaient disposées à différents endroits.

Wassim qui venait de surgir à ses côtés poussa un cri de stupéfaction. Tout le groupe se rapprocha.

- Qu'est-ce que c'est ? Demanda Nanny.

- Vous avez devant vous, le royaume d'Ubar, tel qu'il était à cette époque.

Un texte en langue ancienne était gravé dans une pierre. Wassim l'étudia un long moment, avec monsieur Wilmer à ses côtés.

- Il est stipulé que la cité d'Ubar regroupait dix tribus, qui sont devenues ensuite des royaumes.

- Oh ! Je pense qu'ici on voit le sultanat d'Oman, et là le Yémen, affirma le roi Hamad en pointant son doigt sur la carte sculptée dans la pierre.

- Oui, c'est vrai, et si on regarde bien, précisa Céline, on découvre l'emplacement de dix tablettes, sept ont disparu, il n'en reste que trois en position.

- Qu'est-ce qu'il y a de marqué sur ces tablettes ? Demanda Céline.

- L'origine des dynasties, le couple régnant au moment de la création des royaumes.

- Oh ! C'est ce que nous recherchons, Précisa Paul.

- Où sont passées les autres ? Interrogea Mathieu.

- Ces trois royaumes, précisa le roi Hamad en pointant du doigt des espaces vides, ont en leur possession leur tablette, je les ai déjà vues lors de mes visites officielles. Je suppose qu'il en va de même pour les autres pays.

- Il manque celle de Koubar, la nôtre, murmura d'une voix dépitée, Wassim.

Le roi Hamad, tapota l'épaule de son vieil ami.

- Tu as essayé Wassim, nous venons déjà de trouver un trésor incroyable, soyons heureux de cela. Nous n'avons hélas ! toujours pas notre tablette, mais c'est une découverte historique stupéfiante.

- Oui mais…

- Pas de mais, c'est déjà une victoire énorme insista le roi. Avec cette carte nous pouvons prouver que Koubar faisait bien partie à l'origine de la fameuse cité d'Ubar, nous sommes leurs descendants. Nous avons élucidé en plus le mystère de la cité aux mille colonnes, tu te rends compte ?

Wassim, hocha tristement la tête, cette réussite avait un goût amer. Il espérait tellement apporter la paix dans son pays.

- Oui, mais nous ne savons toujours pas qui était le couple régnant à l'origine de notre royaume, soupira-t-il tristement.

GRIMA sauta sur la table, posant une patte sur la région de Koubar, il fixait Zoé avec attention.

- Bon ! Puisque nous avons tout vu, je propose que nous rentrions, suggéra Noam.

- Je suis désolée, affirma Nanny avec tristesse, en regardant le roi Hamad.

- Il n'y a aucune raison, répliqua Zoé en souriant.

- Comment ça aucune raison ! Mais enfin Zoé un peu de compassion, rétorqua Nanny en l'observant attentivement.

- Non ! Pas besoin de compassion. Réfléchissez un peu !

- À quoi Zoé ? Demanda Paul en fronçant les sourcils.

- Nous pensions que la tablette serait ici. Mais le roi Hamad, nous a précisé un détail important.

- Ah oui ! Lequel ? Interrogea celui-ci avec étonnement.

- Certaines tablettes manquantes se trouveraient dans leur pays ! Donc ?

- Tu crois que la tablette serait à Koubar ? Suggéra Amir stupéfait.

- J'en suis persuadée, et GRIMA aussi. C'est là-bas que nous devons continuer nos recherches, affirma Zoé avec conviction.

Wassim la regarda avec attention, elle semblait si déterminée qu'il sentit en lui l'espoir renaître. Zoé ne renonçait jamais, elle le lui avait pourtant précisé. Elle hocha la tête en lui souriant.

Tout le groupe reprit le chemin du retour. Le roi discuta un long moment avec monsieur Wilmer, car des précautions devaient être prises pour protéger cet endroit fabuleux, et préserver le secret.

Zoé rendit l'émeraude au roi, en lui indiquant de bien la conserver. Il fronça les sourcils en l'observant repartir vers ses amis. Nanny s'approcha de lui.

- Elle est étonnante n'est-ce pas ? Elle ne cesse de me surprendre. Zoé évolue dans le temps, sautant du passé au présent avec une facilité incroyable, et elle a une qualité essentielle, elle ne s'avoue jamais vaincue.

En descendant de l'hélicoptère Mathieu s'embroncha le pied dans l'anse d'un sac à dos et chuta lourdement sur son épaule. Il se releva en gémissant aidé par Marc et Nicolas.

- Oh ! Mon pauvre tu ne t'es pas raté, souligna Marc en le voyant blêmir.

Le roi fit un signe et des secours arrivèrent immédiatement. Martine inquiète les accompagna avec Zoé qui refusa de le quitter, elle confia GRIMA à Nicolas.

CHAPITRE 10

De retour au palais, le roi Hamad Naïm, Noam et le prince Ayoub les laissèrent, ils devaient vaquer aux affaires de l'état.

Tout le monde attendait des nouvelles de Mathieu qui réapparut avec une épaule bandée.

- Oh ! Alors qu'est-ce qu'ils ont dit ? Demanda avec inquiétude Sophie.

- Luxation de l'épaule, je vais devoir garder cette attelle un moment, grimaça Mathieu, moi qui espérais refaire de la plongée, c'est loupé.

Amir s'approcha de lui en souriant.

- Eh ! Les vacances ne sont pas terminées, nous nous rattraperons quand tu iras mieux. Bon ! Je vais prévenir mon père de ton état, il voulait être tenu au courant.

- Oh ! Ce n'est pas la peine, il a téléphoné au médecin pour connaître son diagnostic, précisa Martine.

- Cela ne me surprend pas, rétorqua Nanny en souriant c'est un homme si attentionné.

Tout le groupe pouffa de rire en voyant son air énamouré.

- À la rentrée ça sera cool de dire que j'ai eu un accident d'hélicoptère, ce n'est pas banal ça ! Je vais passer pour un héros courageux, murmura Mathieu en bombant le torse.

- Ou pour le pire des crétins ! Tomber d'un hélico posé au sol, ça tu as raison ce n'est pas banal. Si j'étais toi, j'éviterais de me vanter, s'esclaffa Marc hilare.

- Je ne comptais pas dire qu'il était au sol, bougonna Mathieu.

Son air vexé fit sourire Zoé.

Nanny tapa dans ses mains, pour reconcentrer le groupe, elle décréta qu'il était important de faire le point sur leurs découvertes, ils décidèrent donc de se retrouver avec Wassim dans la suite de Marc.

- Donc nous resserrons nos recherches autour de Koubar, affirma Céline, comme une maîtresse d'école.

- Exact ! Confirma Zoé en souriant.

- Wassim ! Vous allez nous lister tous les lieux les plus anciens, reprit Céline.

- Oh ! Ce sera vite fait. Notre royaume fut à maintes reprises pillé, massacré. Il reste un vieux puits, au centre de Koubar, des vestiges de vieilles maisons….

- Un vieux puits ! Zoé et s'il renfermait le secret comme la dernière fois ? Le coupa Nicolas avec enthousiasme.

Zoé fronça les sourcils, en secouant la tête.

- Non ! Je n'y crois pas trop. Pourquoi aller cacher une tablette dans un puits ? Ce n'est pas logique. Qu'y a-t-il d'autres Wassim ?

- Euh ! Les deux pièces que vous avez vues, mais il n'y avait pas la tablette, confirma-t-il déçu.

Marc jouait avec sa petite princesse Miya, il lui lançait des objets qu'elle lui ramenait.

- On dirait un petit chien, tu l'as dressée à rapporter, tu vas la traumatiser, se moqua gentiment Sophie.

- Elle est super intelligente, tout son maître.

- Mais bien sûr, ironisa Nicolas en riant.

Marc lui jeta une boulette de papier près de la porte, au moment où Maryam, l'ouvrait. Miya en profita pour se sauver. Tout le groupe se releva instantanément.

- Non ! Non ! Continuez, je vais la rattraper, assura Marc en partant à sa recherche.

- Je suis navrée, s'excusa Maryam, en mettant sa main sur son bras, je pensais que vous étiez encore en excursion.

- Je crois qu'elle voulait se dégourdir les pattes, elle obéit bien, pas de panique ! Je la ramène de suite, dit-il en sortant.

Wassim continua à faire la liste des vestiges, que Paul notait sur une feuille. Ils allaient devoir étudier chaque lieu. Zoé reporta son attention sur GRIMA il semblait indifférent à ce qui se passait, ce qui était plutôt déconcertant, elle fronça les sourcils. Que voulait-il lui dire ? Qu'ils faisaient fausse route ?

Zoé se mordilla les ongles, en réfléchissant intensément. Leur réunion venait de prendre fin, elle regarda son téléphone, cela faisait un moment que Marc avait disparu, et s'il avait besoin d'aide ? Elle se redressa prête à partir à sa recherche avec ses amis, quand celui-ci surgit tout à coup. Il semblait angoissé, mais pourtant il avait Miya dans les bras.

- Zoé il faut que je te parle, c'est urgent.

- Bon ! D'accord on t'écoute, répondit-elle curieuse d'en savoir plus.

- Euh ! C'est plutôt délicat.

- Ta petite princesse aurait-elle fait une bêtise ? Murmura Sophie en souriant, mais en voyant son air préoccupé, elle pencha la tête.

Wassim et Maryam, se retirèrent, comprenant qu'ils voulaient se retrouver entre eux.

- Tu fais bien des cachotteries Marc ? Interrogea Nanny en s'approchant.

- Je … Je crois que j'ai fait une erreur, une grosse bêtise.

- Mais quoi donc ? Répliqua Nanny d'une voix inquiète.

Marc s'humecta les lèvres avant de poursuivre.

- Euh ! Amir, je suis désolé, je ne l'ai pas fait exprès.

- Explique-toi ? Je suis certain que ce n'est pas aussi grave que tu le penses, dit-il en mettant sa main sur son épaule.

Marc baissa les épaules.

- Miya s'est enfuie dans les couloirs, elle court vite, oh oui !

- Ah ! Je croyais qu'elle obéissait super bien, se moqua Nicolas gentiment.

- Nous sommes arrivés dans un long corridor, menant à un petit jardin avec un bassin tu vois où c'est ? Demanda-t-il en se tournant vers Amir.

Celui-ci hocha la tête d'un air soucieux.

- Et là j'ai aperçu Naïm en train de parler à cet homme, vous savez celui de la télé ?

- Tu ne peux pas être un peu plus clair ? Le coupa Nanny.

Céline s'approcha, prit ses mains dans les siennes.

- Calme-toi, de quel homme s'agit-il ?

- L'autre jour nous avons regardé une cérémonie à la télé, et il y avait ce chef de la tribu d'Adur accompagné de sa garde rapprochée.

- Ils sont tous repartis, affirma Amir en haussant les épaules.

- Non ! J'ai vu un des gardes remettre une clé USB à Naïm, celui-ci l'a glissée dans sa poche gauche au moment où je surgissais avec Miya. Cette coquine a foncé, Naïm a fait un geste pour l'éviter, il a trébuché et la clé est tombée.

- Oui mais ce n'est pas grave c'est un accident, il n'a pas pu t'en vouloir pour cela, et je suis certain que tu as dû confondre l'individu avec lequel Naïm parlait.

Marc secoua la tête avec conviction.

- Non ! Je t'assure c'était le même. Le pire c'est que vous le savez Miya adore rapporter les objets, je n'avais pas fait attention, je suis vite parti après m'être excusé, mais elle avait dans sa gueule ceci, dit-il en ouvrant la main.

Ils découvrirent la clé USB.

- Oh ! Mon Dieu, ils doivent la chercher partout, s'exclama Nanny.

- Non ! Ils n'ont pas dû s'en rendre compte. De toute façon l'homme s'est empressé de disparaître et Naïm m'a disputé, il m'a ordonné de mieux garder mon chat et de ne pas traîner dans le palais. Je suis désolé Amir, je ne sais pas quoi faire, avec ça. Tu veux bien la lui rendre ?

GRIMA s'était brusquement relevé, il s'approcha de Zoé mit ses pattes avant sur ses cuisses, se dressant de toute sa hauteur. Elle se pencha vers lui pour le caresser, il la fixait de son beau regard vert.

- Attendez ! Ordonna Zoé en mettant sa main sur la clé USB. Je crois que nous devrions voir ce qu'elle contient.

- Mais enfin Zoé cela ne nous regarde pas, affirma Amir. C'est peut-être des secrets d'état.

- Amir, si Marc dit vrai et que cet homme est un garde d'Abdul Al-Misri, je crois que nous devrions nous intéresser à son contenu.

Amir secoua la tête, doutant du bien-fondé de cette décision.

- Écoute tu es le seul à parler et à lire l'arabe, nous resterons à tes côtés, tu étudies son contenu, s'il n'y a rien de suspect, nous irons vite la remettre près de l'endroit où ils se trouvaient. Je suppose que Naïm en constatant sa disparition ira la rechercher là-bas.

- C'est une sage décision, précisa Céline, en s'approchant. Nous le savons, certaines personnes s'opposent à nos recherches, ces différents accidents en sont la preuve, si vraiment quelqu'un essaye de nuire, il faut le démasquer, pour le bien de ton pays et de ta famille.

- Mais Naïm *EST* de ma famille ! Vous vous rendez compte de ce que vous sous-entendez ? Qu'il serait un traitre ! Il travaille avec mon frère, il dirige le pays à ses côtés, c'est impossible.

- Donc il n'y aura rien sur la clé, il suffit de vérifier, suggéra avec calme Paul.

Amir se dégagea avec rudesse, mécontent des soupçons de ses amis. Il se saisit de la clé qu'il inséra dans un ordinateur se trouvant sur le bureau.

- Vous avez tort, je vais vous le prouver.

Il commença à lire avec attention le contenu dans un silence lourd. De temps en temps il secouait la tête.

Zoé regardait ses amis, tout le monde attendait le verdict, mais GRIMA semblait satisfait, il ronronnait sur ses genoux. Amir s'effondra sur le dossier de sa chaise.

- Qu'y a-t-il Amir ? Demanda Nanny avec inquiétude.

Il garda le silence un long moment, ses yeux étaient embués de larmes.

- C'est mon frère, nous avons été élevés tous ensemble. C'est impossible, c'est de la haute trahison. Je dois parler à mon père, dit-il en se relevant brusquement l'air abattu, il retira la clé USB d'une main tremblante.

- Oh ! Attends ! Et si tu commençais par t'expliquer, suggéra Céline.

Amir se laissa retomber lourdement sur la chaise.

- C'est un contrat, avec la tribu d'Adur, et une puissance étrangère. Ils affirment maintenir la pression aux frontières par des actes illicites, dans l'attente d'un renversement du gouvernement. En contrepartie, ils auront des parts sur l'exploitation du gaz. Ils citent également des accords, que je ne connais pas bien. Je dois avouer que la politique n'est pas mon truc, précisa tristement Amir. Vous aviez raison il y a un traitre au sein même de ma famille. Je dois en parler à mon père.

- Taratata ! Pas question ! Affirma Nanny avec détermination en tapant le sol avec sa canne.

- Mais Nanny c'est une affaire d'état.

- Tu imagines la réaction de ton père, son cœur ne résistera pas.

Zoé marcha de long en large, ne quittant pas GRIMA des yeux.

- Je sais ce que nous allons faire. Nicolas reprend cette clé, et fais-en une copie. Toi Marc tu iras discrètement la remettre là où tu l'as trouvée. Personne ne doit se douter de ce que nous venons de découvrir. Amir tu as une confiance inébranlable en Wassim ?

- Je lui confierai ma vie, dit-il en hochant la tête.

- Parfait, Sophie va le chercher de suite.

- Que comptes-tu faire ? Interrogea Éric intrigué par son comportement.

- Je veux qu'il nous explique précisément les enjeux de cette clé. Pour combattre son ennemi il faut le connaître avec précision. Ce que je ne m'explique pas ce sont les raisons de Naïm, il travaille aux côtés du prince Ayoub, c'est stupide !

Amir sembla soulagé d'un poids énorme en voyant Zoé prendre en charge les opérations.

La clé fut redéposée au même endroit, et Wassim arriva l'air inquiet dans la suite.

- Que se passe-t-il ? Sophie m'a dit que c'était hyper important ?

- Exact ! Affirma Nanny, asseyez-vous ici, et étudiez ces documents. Bien sûr, rien ne devra sortir de cette pièce.

Wassim, hocha la tête ne sachant trop à quoi s'attendre.

Ils restèrent à ses côtés regardant défiler les pages sur l'écran.

Wassim comme Amir se laissa retomber lourdement contre le dossier de sa chaise d'un air accablé.

- C'est incompréhensible, Naïm ! Mais pourquoi ? Il codirige ce pays, c'est ridicule et cet accord est infamant, si cela se réalisait, nous serions pieds et poings liés. Nous retomberions sous la coupe d'une puissance étrangère, nous perdrions notre liberté si chèrement gagnée. C'est impossible que Naïm nous serve ainsi sur un plateau d'argent à l'ennemi. Il n'y a qu'une explication, il a perdu la tête. Je vais aller lui parler, dit-il en se levant brusquement.

- Non ! Ordonna Zoé en mettant sa main sur son épaule pour le faire se rasseoir. Expliquez-nous un peu le passé de Koubar.

- Pour comprendre son histoire il faut connaître l'historique de cette partie du monde, très agitée dernièrement par ce que vous avez appelé, le printemps arabe.

- C'est quoi ça ? Interrogea Marc.

- Maaarc enfin, ce n'est quand même pas si vieux. Remarque, soupira Nanny, vous n'étiez encore que des enfants.

Wassim ouvrit de grands yeux, surpris de leur ignorance.

- Oh ! Mon pauvre vous vous habituerez, on s'y fait je vous rassure, répliqua Nanny en souriant tendrement à Marc.

- Cela s'est passé dans les années deux mille dix, il y a eu des contestations populaires qui touchèrent des pays du Maghreb et du Moyen Orient, précisa-t-elle devant leurs mines effarées.

- On parle de rébellions, de révolutions, et même de guerres civiles. Cela a provoqué la chute de certains états, d'autres ont stoppé les contestations par des répressions féroces, et une partie a compris que les temps évoluaient, qu'il fallait tenir compte de cette colère, conclut Wassim.

- Et à Koubar que s'est-il passé ?

- Après le règne tyrannique de son père, le roi Hamad avait déjà instauré une nouvelle ère, tournée vers le futur, en faisant entrer notre royaume dans le vingt-et-unième siècle. Ce qui fait que nous avons été épargnés par ces mouvements. Il a su introduire tous ces changements avec beaucoup d'intelligence, en tenant compte de nos traditions, et de ce qui est essentiel dans nos vies…

- Quoi donc ? Le coupa Sophie intriguée.

- La religion ! Elle est au cœur de notre existence, elle est indissociable du pouvoir, il ne faut ni heurter, ni blesser.

Wassim soupira tristement.

- De tels accords sont choquants, nous avons mis tant de temps à acquérir cette liberté.

- Comment ça ? Insista Zoé.

- Il faut remonter un peu dans le passé.

- Oh ! On a l'habitude, répliqua Mathieu en souriant.

Wassim pouffa de rire, en repensant à leurs aventures.

- L'empire Ottoman a longtemps exercé sa domination sur cette partie du monde, puis ce fut la période des colonisations notamment avec les français et les anglais. Une fois cette dominance disparue, c'était l'euphorie. Pour la première fois depuis si longtemps dans l'histoire de nos pays, nous goûtions enfin à l'indépendance totale, c'était grisant. Toutefois cela marqua aussi le début des convoitises. Certains tentèrent d'agrandir leurs territoires, mais les Anglais et les Français veillaient, ils exerçaient toujours une pression très forte pour maintenir la paix. Ce que les pays n'ont pu obtenir par la force, c'est la diplomatie qui leur a permis de l'avoir. Ils ont compris qu'il fallait créer un système équivalent à l'union européenne. Les états scellèrent des accords, des alliances les liant, afin d'assurer leur prospérité économique. C'est un jeu d'équilibre très fragile qui repose sur la confiance, l'entraide, les intérêts communs.

Wassim poussa un long soupir chargé d'amertume.

- Cependant ce traité, précisa Wassim en montrant son écran, nous mettrait en marge de nos alliés. Ce que nous avons mis tant de temps à conquérir, notre liberté ! Nous serait de nouveau volée. Nous serions soumis de façon définitive à cette puissance étrangère et en contrepartie, elle nous aiderait à mettre au pouvoir l'héritier de la tribu d'Adur, ce qui serait ridicule, ce ne serait qu'un pantin. Je ne comprends pas qu'un homme aussi intelligent que Naïm ait pu accepter un tel accord, c'est illogique.

- Par vengeance peut-être ? Suggéra Martine.

Wassim regarda Amir qui semblait effondré.

- Même la vengeance n'expliquerait pas une telle trahison. Il est bien trop affuté en diplomatie, il est spécialisé dans les relations étrangères, je ne saisis pas les raisons de sa déloyauté.

Zoé caressa doucement GRIMA semblant réfléchir intensément.

- Qu'en penses-tu Zoé ? Demanda Nanny en se mordillant les lèvres.

- Nous allons garder tout cela pour nous.

Wassim et Amir objectèrent que c'était un acte de la plus haute importance, qu'il fallait intervenir rapidement.

- Non ! Attendez, vous l'avez dit, c'est surprenant de la part de Naïm, nous devons comprendre ses agissements. Nous avons un avantage, il ne sait pas que nous sommes au courant. Nous allons nous en servir contre lui. Accordez-nous quarante-huit heures.

- Pas plus Zoé, je dois prévenir mon frère, c'est bien trop grave.

- Fais-moi confiance. Au fait, dit-elle en se tournant vers Marc, pourquoi affirmes-tu qu'il s'agissait de Naïm ?

- Il était en costume comme d'habitude.

- Hum ! Je vois, murmura-telle en secouant la tête. Bon ! Nous ne devons pas montrer notre inquiétude, agissez normalement, d'accord ?

Tout le monde se dispersa, seul Amir s'approcha de Zoé.

- J'espère que tu as raison Zoé, j'ai peur, il y va de la paix dans mon pays.

- Amir, dit-elle en mettant ses mains sur ses bras. J'ai conscience de la difficulté de régner crois-moi, mais je pense qu'il faut prendre un peu de recul, se précipiter ne ferait qu'aggraver la situation.

Il hocha la tête avant de s'en aller, Zoé soupira en regardant GRIMA.

- Dire que je déteste la politique, on se demande bien pourquoi, ironisa-t-elle. Tu vois GRIMA ce sont des eaux troubles, l'ennemi est partout, mais je suis persuadée que ce n'est pas aussi simple qu'il y paraît.

Le soir au repas l'ambiance était lourde, les non-dits flottaient dans l'air, comme un nuage noir au-dessus de leurs têtes.

- Vous êtes bien sérieux ! S'exclama le roi Hamad, vous doutez de pouvoir réussir cette mission ?

- Oh non ! Altesse, affirma Sophie en fixant Naïm, nous pouvons tout affronter.

Nicolas lui donna discrètement un petit coup de pied qui la fit gémir de douleur.

- Il y a un problème ? Interrogea le prince Ayoub en fronçant les sourcils.

- Rien d'insurmontable prince Ayoub, nous avons l'habitude des situations épineuses, répondit Zoé en souriant.

Mathieu se pencha discrètement vers elle, dès que le prince reporta son attention sur son père.

- Tu mériterais un oscar, celui de la meilleure actrice. Nous avons des méga-problèmes à résoudre, retrouver cette tablette et dénoncer un traitre, tu parles d'une situation zen ! On se retrouve au cœur d'une crise politique.

Zoé pouffa de rire discrètement

- Ne dit-on pas, plus il y a de problèmes, plus on rit !

- Non pas du tout ! Plus il y a de fous, plus on rit ! Et là je me demande où on a mis les pieds, répondit-il en faisant une grimace.

Ce fut Céline qui apporta une diversion bienvenue, en interrogeant Wassim sur la seconde pièce du palais.

- Au fait Wassim, quelque chose me turlupine depuis notre visite dans cette partie du palais.

- Turlupine ? Reprit le roi Hamad en souriant.

- Oui, oh ! Je suis désolée, mais c'est ce que Wassim a dit qui me perturbe.

Les autres la regardèrent avec attention.

- Vous avez précisé que Kenza, s'il s'agit bien de la même personne venait d'Égypte, n'est-ce pas ?

Wassim se contenta de hocher la tête en fronçant les sourcils.

- On retrouve d'ailleurs certains symboles, dans ces pièces qui confirment cette théorie, insista Céline.

- Oui où voulez-vous en venir ? Demanda avec curiosité Wassim.

- Qu'est-ce qui vous fait dire que ce sont des pièces de l'ancien palais et pas autre chose ?

- Euh ! Par déduction, nous n'avons retrouvé aucune trace du palais d'origine et donc logiquement nous en avons déduit qu'il ne restait que ces deux salles.

- Vous savez qu'en Égypte à cette époque-là, on retrouvait dans les pyramides plusieurs pièces menant à un tombeau.

Des cris fusèrent autour de la table.

- Tu crois qu'il s'agit d'un tombeau ? S'exclama Nanny stupéfaite.

- Pourquoi pas ! La première est richement décorée, et dans la seconde on a un lieu où devait probablement se trouver un trésor, des offrandes.

- Oui, mais il ne restait plus rien. Vous avez découvert l'émeraude avec le trésor des Templiers, rien ne vient accréditer cette hypothèse, répondit Wassim intrigué, par cette nouvelle tournure.

- Hum ! Supposons… qu'ils aient pris tous les objets présents, continua Céline avec conviction.

- Euh ! Rectificatif, les chevaliers des Templiers étaient des explorateurs, précisa Paul en se redressant sur sa chaise.

- Oui, peu importe, insista Céline, imaginons qu'ils aient emporté plus de choses, cela confirmerait mes dires. Il s'agirait donc peut-être de l'antichambre d'un tombeau, un endroit dans lequel on entreposait les trésors.

- Oh ! Mais cela signifierait qu'il existe une autre salle, celle du tombeau ? S'écria Zoé avec stupéfaction.

- C'est juste une théorie, qui me trotte dans la tête, affirma Céline, en jouant distraitement avec sa fourchette.

Wassim la regarda d'un air hébété.

- Mais nous n'avons trouvé aucune autre pièce, pourtant nous avons cherché.

GRIMA posé sur les genoux de zoé sortit ses griffes, il lacéra la cuisse de Zoé qui grimaça de douleur.

- Eh ! Tu me fais mal, petit voyou, chuchota-t-elle doucement, en regardant les traces rouges laissées sur sa jambe, quatre griffures qui l'interpellèrent.

- Wassim dit-elle en se levant brusquement, je veux y retourner maintenant, c'est important.

- Mais enfin, Zoé nous sommes à table, c'est contraire à toutes les règles du protocole, l'interrompit Nanny stupéfaite.

Le roi Hamad mit sa main sur celle de Nanny pour l'apaiser.

- Au point où nous en sommes, ma Clarie, cela n'a plus guère d'importance. Le protocole est un peu bousculé depuis quelques jours. À quoi pensez-vous Zoé ?

- Je crois avoir trouvé le mystère de ce lieu, mais je dois vérifier quelque chose avant, s'il vous plait, c'est primordial.

Le roi Hamad, se leva faisant signe à tout le monde de le suivre. Ils se dirigèrent vers les vestiges de l'ancien palais.

- C'est complètement idiot, nous le saurions si une autre pièce existait, précisa en pestant Noam.

- Plus rien ne me surprendra, annonça joyeusement le roi Hamad, pas après la découverte de la salle aux mille colonnes.

- Tu as raison père, approuva le prince Ayoub, pressé lui aussi d'en savoir plus.

Zoé s'arrêta un long moment devant la peinture du conte de Kenza à la lance, puis elle se dirigea vers l'autre pièce, et regarda avec attention, les fresques représentant la reine, portant son long bâton ou son sceptre, peu importe le nom pensa-t-elle en s'approchant de plus près pour le détailler avec attention.

- L'autre jour, un truc me perturbait, mais je ne savais pas quoi. Regardez le bien, il ne vous rappelle rien ? Demanda Zoé en se tournant vers ses amis. Sophie fais un effort ?

Celle-ci fit un pas pour mieux observer, cet objet ouvragé, muni d'un anneau et de quatre griffes.

- Oh ! C'est impossible, tu crois que c'est le même ?

Zoé sourit, heureuse de voir la confirmation dans le regard de Sophie.

- On sait que les chevaliers des Templiers sont venus ici, ils se sont emparés de l'émeraude, et probablement d'autres choses, dont un bâton semblable à celui-ci, dit-elle en montrant la fresque.

- Quoi ! Reprit Wassim sous le choc, vous l'avez vu ?

- Il me semble bien qu'il se trouvait avec le trésor des Templiers. Et si je ne me trompe pas, ces quatre trous au plafond, doivent correspondre parfaitement à l'emplacement des griffes.

Tout le monde leva la tête, avec stupéfaction.

- Vous croyez que cela permet l'ouverture d'un système ? Interrogea le prince Ayoub.

- Nous devons le vérifier, il nous le faut le plus vite possible, affirma Zoé.

- Mais comment ? Oh ! J'ai une idée, et si on appelait Raoul il est en liaison avec les chevaliers des Templiers, cela demandera quelques jours c'est tout, indiqua Éric.

- Je crois que nous pouvons faire mieux, répliqua d'un air mystérieux Zoé.

- Mais qu'est-ce que tu racontes Zoé ? Demanda Nicolas intrigué.

- Nanny sait ce que je veux dire, n'est-ce pas ? Répondit Zoé en la regardant tendrement.

Celle-ci rosit en sentant tous les regards converger vers elle.

- Je ne peux rien dire, précisa-t-elle, j'ai fait une promesse.

- Mais à qui ? Bon sang ! Rétorqua Marc en regardant autour de lui.

- Je crois que cela sera plus rapide, car nous avons avec nous le grand maître des Templiers ! Révéla Zoé en plissant les yeux.

- Quoi ! Qui ? S'écrièrent en chœur tout le groupe.

Un long silence s'en suivit, puis on entendit un pas lent et déterminé, un homme s'avança en souriant, il se mit face à Zoé.

- Tu es décidément très maline Zoé, mais comment as-tu pu le deviner ?

- Quoi ! Toi… Paul… Tu… Murmura effarée Martine.

Paul mit ses mains sur ses épaules pour la rassurer.

- Un faisceau d'indices, d'abord votre grande connaissances des chevaliers des Templiers, vous avez tout fait pour nous orienter vers eux, afin de retrouver le trésor. Ensuite, lors de la remise des enveloppes vous n'avez pas eu la vôtre et Nanny a trouvé cela normal. De plus j'avais remarqué que les chevaliers des Templiers étaient très bien informés de l'avancée de notre enquête, il fallait donc que quelqu'un à l'intérieur de notre groupe soit leur informateur.

Paul secoua la tête, admirant sa perspicacité.

- Quoi ? Tu ne t'es rapproché de moi que pour les rencontrer ? C'était de la manipulation, conclut Martine avec une immense tristesse dans la voix.

- Oh non ! Pas du tout mon amour, c'était juste le hasard, je te connaissais bien avant, et j'étais fou de toi, tu le sais n'est-ce pas ? Cependant, il est vrai qu'en découvrant cette incroyable histoire concernant Nostradamus et les pouvoirs de Zoé, je n'en revenais, pas. Quand ils ont commencé leur quête à la recherche du trésor, je me suis dit que c'était impossible que cela m'arrive. J'ai compris alors que Zoé était peut-être l'élément capital pour retrouver une partie de nos biens.

- Vous ! Le grand maître des Templiers, s'exclama le roi Hamad, en ouvrant grand les yeux. Je n'en reviens pas ! Ayoub tu imagines ça, un véritable chevalier des Templiers devant nous.

- Vous avez vraiment ce sceptre surmontant ce bâton ? Demanda anxieusement Wassim.

- Si Zoé l'affirme, c'est qu'il doit en faire partie, il est vrai qu'il y avait quelque chose de ressemblant près des caisses.

- C'est vrai ça, elles renfermaient quoi ces caisses ? Interrogea Marc en plissant les yeux.

- Un mystère à la fois, si tu le permets, rétorqua Paul. Je vais faire en sorte que cet objet arrive ici le plus rapidement possible. Nous verrons ainsi si la théorie de Céline et de Zoé est exacte.

- Ma femme est fascinante, répliqua joyeusement Éric, tu me surprendras toujours, dit-il en embrassant la paume de sa main.

Celle-ci gloussa de plaisir.

- Oui, mais ce n'est qu'une supposition, j'espère que Zoé m'aidera à la confirmer.

- C'est fou, toutes ces aventures, murmura le prince Ayoub, en prenant par les épaules son frère Amir.

- Tu vois, je t'envie, ton existence est passionnante, je n'aurais jamais imaginé que l'histoire pouvait être aussi intéressante.

- Et moi aussi, affirma le roi Hamad, j'ai toujours souhaité vivre de telles aventures. Tu réalises un de mes rêves, merci mon fils.

Amir était heureux de voir l'admiration dans le regard de son frère et de son père.

Ce soir-là Zoé eut du mal à s'endormir, l'exaltation de découvrir le mystère de cette salle, l'espoir de trouver cette fameuse tablette, tous ces soucis la tenaient éveillée. Elle pesta en soupirant, la nuit serait courte. GRIMA s'approcha posa ses pattes avant sur ses épaules et mit sa truffe dans son cou. Elle frissonna, chatouillée par ses moustaches.

- Eh ! Petit coquin, tu ne m'aides pas là. Je ne vais pas réussir à m'endormir, et demain je serai un zombie, incapable de réfléchir correctement.

Il ronronna doucement et bercée par ce doux bruit Zoé plongea dans un profond sommeil. Elle vit de nouveau ce regard vert perçant s'approcher de plus en plus près, une main sur son épaule la secoua doucement. En ouvrant les yeux, elle découvrit une silhouette tout de noir vêtue se pencher sur elle. Zoé poussa un cri d'effroi en se redressant rapidement pour s'asseoir dans son lit.

Nostradamus la regardait d'un air inquiet.

- *Amor tuus est in periculo*, dit-il en pointant son index sur le cœur de Zoé.

Celle-ci ouvrit grand la bouche. Nostradamus recula doucement, un brouillard l'enveloppa, il disparut subitement. Le miaulement de GRIMA la réveilla réellement.

- Oooh ! Misère c'était quoi ça ? De quoi parlait-il GRIMA. Bon « amor » j'ai compris, pas besoin d'être un génie ou d'avoir fait des années de latin, mais le reste, cela signifie quoi ? Et pourquoi me parle-t-il d'amour ? C'est quoi ce délire ?

GRIMA vint se frotter tendrement contre elle, se lovant dans ses bras. Zoé se rallongea l'esprit préoccupé, mais au bout d'un moment elle alluma la lampe en pestant.

- Il faut que je sache GRIMA ! Pourquoi a-t-il prononcé le mot amour ? Je sens qu'il vaut mieux éviter de demander la traduction à Nanny, ses questions risquent d'être embarrassantes. Tu la connais, elle ne me lâchera pas, et je ne te parle même pas des autres, non ! Franchement je n'en n'ai pas envie. On va devoir se débrouiller par nous-mêmes. Oh ! Mais j'y pense, j'ai mon meilleur ami.

GRIMA se redressa en ronronnant, la fixant en penchant la tête.

- Non ! Pas toi, dit-elle en riant, mon téléphone ! Et surtout l'accès à internet. Je vais chercher un site de traduction. Zoé dut s'y reprendre à plusieurs reprises, ne connaissant pas l'orthographe exacte de la phrase entendue.

- Eh mince ! La prochaine fois, je lui demanderai de me parler en français, non mais quelle idée, qui étudie encore le latin de nos jours ? Oh ! Je crois avoir trouvé.

Zoé retomba contre son oreiller, abasourdie par sa découverte.

- *Mon amour est en danger* ! Elle la relut plusieurs fois en se mordillant les lèvres.

GRIMA miaula doucement.

- Oh ! Ne te moque surtout pas. Tu sais c'est pénible, cette façon que tu as de tout connaître de moi. J'ai l'impression de n'avoir aucun secret, c'est vrai que je pense de plus en plus à lui, mais nous sommes un groupe d'amis, rien ne doit venir perturber cela. GRIMA il va falloir le protéger, le danger est là. Nous ne devons pas négliger cette mise en garde.

Zoé éteignit la lampe et se rallongea dans le noir. Son petit compagnon se coucha contre elle, machinalement elle le caressa.

- On doit le sauver coûte que coûte, tu m'as bien compris GRIMA, je compte sur toi.

Zoé perturbée par cette nouvelle rencontre ne put s'endormir qu'au petit matin. Elle se réveilla épuisée, en regardant son téléphone, elle fit un bond.

- Houlà ! Il est déjà dix heures, ils doivent se demander où je suis passée.

Elle se précipita dans la salle de bains, en ressortant elle croisa Maryam.

- Oh ! Je venais vous chercher le roi Hamad et vos amis vous attendent dans le grand salon, venez ! Je vais vous accompagner.

En arrivant dans la grande pièce Zoé salua tout le monde, GRIMA se tenait sagement à ses côtés. Elle fronça les sourcils, il manquait deux personnes.

- Où sont les autres ? Demanda-t-elle avec inquiétude.

- Ils sont partis faire voler un faucon. Il avait tellement aimé cela, il était fou de joie, il va essayer ce sport, mais ils viennent juste de s'en aller, précisa Sophie en souriant

Le roi Hamad se tenait près de la fenêtre.

- Oui, ils sont déjà loin, dit-il en montrant du doigt l'hélicoptère qui s'éloignait rapidement dans le ciel.

Ils se précipitèrent tous pour les regarder, Zoé vit Noam, se mordiller les lèvres en fronçant les sourcils, il porta sa main gauche à son menton, d'un air contrarié et fit un geste pour s'éloigner brusquement. Elle reporta son attention sur ses amis. Son cœur se mit à battre follement, elle prit conscience du danger, était-il trop tard ?

Sophie s'approcha doucement d'elle.

- Il a dit ce vieux dicton, tu sais le truc sur les ennemis, « sois proche de tes amis et encore plus proche de tes ennemis ». Moi je pense qu'il avait surtout envie d'essayer de faire obéir un faucon, murmura-t-elle en faisant un clin d'œil.

- Oui, mais il s'est trompé, comme nous tous d'ailleurs.

- Comment ça ? Demanda Céline en la fixant intensément.

Zoé écarta les bras en se mettant devant Noam, l'empêchant de se sauver

- C'est vous n'est-ce pas ? Qu'avez-vous manigancé ? Je sais que vous êtes derrière tout ça, affirma-t-elle en pointant son index sur son torse d'un air accusateur. Vous êtes un traitre !

- Laissez-moi, je dois intervenir, je n'ai pas de temps à perdre, cria-t-il l'air affolé

Le roi Hamad stupéfait regardait Zoé.

- Mais enfin que se passe-t-il ici ? Expliquez-vous Zoé ?

CHAPITRE 11

Zoé se tourna alors vers Wassim qui regardait incrédule Noam.

- Vous m'avez dit un jour que vous étiez capable de différencier les jumeaux grâce à un détail, ne serait-ce pas le fait que l'un d'eux est gaucher et l'autre droitier ?

Wassim hocha la tête en fronçant les sourcils.

- Lors d'un repas, j'ai vu Naïm prendre son verre de la main droite, et Marc nous a précisé qu'il avait vu l'homme mettre la clé USB dans sa poche gauche. C'est ça, n'est-ce pas Noam, je ne me trompe pas, le traitre c'est bien vous ? Toutes ces attaques à la frontière, cet accord avec cette puissance étrangère, c'était vous depuis le début, insista furieuse Zoé.

- Quoi ! S'écria le roi Hamad sous le choc de la révélation, il dut s'asseoir subitement. Nanny lui prit la main pour le réconforter et Amir commença à lui révéler leurs découvertes.

Le souverain effondré, se tourna vers Noam.

- Mais je t'ai toujours aimé comme un fils, je ne comprends pas, dit-il d'une voix émue.

Noam serra les mâchoires.

- Pff ! Vous n'êtes que des imposteurs, vous m'avez accordé l'aumône, Ce royaume revenait à ma tribu, mon frère et moi nous en sommes les héritiers légitimes. En assassinant mes parents, votre père voulait cacher la vérité, mais vous n'êtes que des usurpateurs. Ce n'est que justice que de vouloir réparer tous les torts envers ma famille.

Le roi Hamad porta sa main à son cœur, et Nanny poussa un gémissement, elle craignit pour sa vie. Cet homme si bon accusait difficilement le coup de la trahison de Noam.

Zoé s'accroupit devant le roi.

- Altesse vous devez demander le retour de l'hélicoptère, j'ai bien peur qu'un autre accident ne se produise.

Le roi Hamad, fit un signe à son assistant, celui-ci s'empressa de donner des ordres.

- Qu'avez-vous fait ? Demanda Martine le visage blême.

Noam toujours aussi arrogant releva le menton en la fusillant du regard.

- Je voulais vous obliger à repartir chez-vous.

- En faisant quoi ? Insista Martine en se rapprochant d'un air menaçant.

Noam devant cette mère si déterminée vacilla, il baissa la tête subitement en se mordillant les lèvres.

- J'ai… j'ai mis un serpent dans le sac à dos de votre fils, mais ce que je n'avais pas prévu c'est qu'à cause de la douleur à son épaule, ce serait mon frère qui le porterait, avoua-t-il d'un air accablé. Je… je dois le sauver je n'ai plus que lui.

- Un serpent ! S'écria horrifiée Martine.

Des cris de stupéfaction s'élevèrent autour d'elle.

- je… je pensais, je… j'espérais qu'il l'ouvrirait une fois là-bas, et il aurait eu ainsi toute l'assistance nécessaire pour le soigner. Je voulais juste vous effrayer, vous forcer à abandonner.

Une gifle retentissante brisa le silence. Tous les regards convergèrent vers Martine.

- Tu voulais mettre en danger mon fils ! Comment as-tu osé, tu n'es qu'un monstre.

Le roi Hamad s'approcha de Martine se saisissant de sa main encore levée.

- Ne vous inquiétez pas, nous règlerons cette affaire.il sera puni comme…

Le retour inopiné de l'assistant l'empêcha de continuer.

- Votre altesse c'est une catastrophe, il semblerait que l'hélicoptère se soit posé quelque part dans le désert.

- Bon ! Alors joignez les le plus rapidement possible et dites-leur qu'il y a un serpent dans leurs bagages.

- Un serpent ! Répéta l'homme en observant la scène autour de lui, tous ces visages crispés, cette tension palpable qui régnait dans l'air.

Il se mordilla les lèvres.

- Nous avons un autre problème l'hélicoptère est injoignable, et nous n'arrivons pas à le localiser avec précision.

- Qu'as-tu fait ? Interrogea Amir en saisissant son cousin par le col.

Celui-ci avait une énorme marque rouge sur la joue.

- Tout le système électronique a été saboté, leur GPS, la radio, je voulais juste….

- Le tuer ! Termina Nicolas furieux.

Le roi Hamad fit signe à ses hommes,

- Emmenez le hors de ma vue et qu'il soit sous bonne garde, je m'en occuperai plus tard. Nous devons retrouver Mathieu et Naïm le plus vite possible, et prévenez une équipe de secours, qu'elle vienne avec nous. Venez nous allons décoller, nous les sauverons, je vous le promets, affirma-t-il en se saisissant des mains glacées de Martine.

Zoé fixait avec angoisse GRIMA, avait-elle réagi trop tard ? S'il arrivait quelque chose à Mathieu elle ne s'en remettrait pas, pensa-t-elle avec un énorme sanglot dans la gorge, elle se sentait si oppressée qu'elle étouffait.

GRIMA vint se frotter contre ses jambes comme pour la rassurer.

Ils s'engouffrèrent dans des hélicoptères pour rejoindre au plus vite leurs amis, hélas ! Ils ne voyaient que du sable à perte de vue.

- Mais où sont-ils ? Gémit Martine en sanglotant.

Le prince Ayoub resté silencieux jusqu'à maintenant se tourna vers son frère Amir.

- Tu crois que Naïm était son complice ? Dit-il avec tristesse. Je l'ai toujours considéré comme mon égal, nous gérions ensemble le royaume, pour moi, nous formions une équipe, un binôme.

- Non ! Il est évident qu'il ne tramait pas dans les manigances de son frère affirma Zoé avec conviction. La preuve, il ne serait pas monté dans cet hélicoptère avec un serpent, il n'aurait pas porté le sac. Je crois comprendre les raisons de Noam.

- Vous êtes bien la seule, quand je pense qu'il serait responsable de tous nos soucis aux frontières, et de cet accord si infamant, dit-il d'un air désabusé en secouant la tête. Si vous n'aviez pas découvert ses projets, il aurait pu gravement nuire à la sécurité du pays.

- Nous n'aurions pas laissé faire une telle chose. Zoé, GRIMA et tous nos amis m'avaient promis de nous aider affirma doucement Amir.

Le prince Ayoub se tourna vers Zoé, en mettant sa main sur son cœur.

- Merci pour tout.

Ils firent plusieurs fois le trajet sans succès, le désespoir les gagnait. Même le roi Hamad commençait à douter.

- Euh ! Je me rappelle maintenant, précisa Sophie, qu'au moment de partir, Naïm a parlé d'un endroit magnifique à Mathieu, un autre wa…

- Un wadi la coupa Zoé.

- Oui c'est ça ! Affirma avec soulagement Sophie.

- Tu crois qu'il aurait fait un détour vers le wadi Tuli ? Demanda Amir à son frère.

- Oui c'est possible Naïm adore cet endroit, il dit que c'est le plus beau de tous, il aura voulu faire découvrir à Mathieu un des trésors de notre royaume.

Le prince Ayoub donna des ordres au pilote.

À l'approche du wadi, ils aperçurent l'hélicoptère posé au sol à ses côtés deux hommes s'abritaient du soleil, pendant qu'un autre leur faisait de grands signes.

- Ils sont là ! S'écrièrent en chœur Zoé et ses amis.

Ils se précipitèrent vers l'appareil, Naïm était allongé et Mathieu blême se tenait à ses côtés. Martine se jeta dans ses bras en pleurant.

- J'ai eu si peur, Tu vas bien ? Tu es sûr ? Répétait-elle entre deux sanglots.

- Comment avez-vous su ? Interrogea Mathieu. Nous n'arrivions pas à vous joindre.

- C'est Zoé, précisa Martine en se tournant avec reconnaissance vers elle.

Mathieu la regarda un long moment en silence et formula un merci silencieux. Zoé les yeux embués de larmes avait du mal à contenir son émotion. Elle reporta son attention sur Naïm, qui était entouré par l'équipe médicale.

- Que s'est-il passé ? Demanda Amir en mettant sa main sur l'épaule de Mathieu.

- Pendant le vol, j'ai voulu prendre une bouteille d'eau dans mon sac à dos, mais avec mon attèle c'était difficile. Naïm s'est saisi de mon sac pour m'aider, et on l'a entendu pousser un hurlement, un serpent a jailli. Le pilote a compris l'urgence de la situation il a immédiatement posé l'hélicoptère.

- Où est le serpent maintenant ? S'inquiéta anxieusement Sophie en regardant autour d'elle.

- Il est parti, on s'en est assuré, tu sais il était aussi paniqué que nous.

- Quelle espèce de serpent ? Interrogea Amir en se tournant vers le pilote.

- C'était une vipère à cornes votre altesse.

Amir poussa une série de jurons.

- Une vipère c'est dangereux, tu crois que nous sommes arrivés à temps Amir ? Demanda d'une voix angoissée Céline.

Celui-ci se pencha vers le médecin qu'il questionna rapidement.

Son père et son frère était au chevet de Naïm.

Le roi Hamad accablé se releva péniblement.

- Le diagnostic est réservé.

- Quoi ? Mais c'est impossible, répondit Zoé abasourdie par cette nouvelle.

- C'est un serpent très venimeux.

Zoé reporta son attention sur ce pauvre Naïm qui était conscient, elle vit un énorme œdème sur sa main droite avec des ecchymoses et la trace de la morsure, elle frémit d'effroi. Les médecins soulevèrent le brancard pour le transporter rapidement vers un hélicoptère médicalisé.

- Où vont-ils l'emmener ? Interrogea Martine avec anxiété.

- Nous avons un hôpital ultra-moderne avec tout l'équipement nécessaire.

- Alors qu'attendons-nous pour y aller, ordonna Nanny en se dirigeant vers un appareil.

Le vol de retour se fit dans un silence angoissant, ils atterrirent directement sur le toit de l'hôpital les uns après les autres.

- Il va s'en sortir, affirma Céline rassurante, en mettant sa main sur le bras d'Amir.

- Qu'Allah puisse t'entendre, conclut-il d'une voix émue.

Le prince Ayoub semblait particulièrement éprouvé, Zoé s'approcha de lui doucement.

- Je suis désolée, j'aurais dû me lever plus tôt, j'aurais dû empêcher cela.

Il mit ses mains sur ses épaules et se pencha vers elle.

- Zoé notre destin est écrit, vous avez fait tout ce que vous avez pu. Maintenant espérons qu'il s'en remettra, c'est un athlète, précisa-t-il d'une voix brisée. Dire que son propre frère est la cause de tout ça.

- Justement l'avez-vous informé ?

- Ce chien ne mérite que notre mépris.

- Votre altesse, faites le venir s'il vous plait, c'est son frère. Il ne voulait pas provoquer sa mort, il n'a jamais imaginé un tel scénario. Croyez-moi voir ainsi son frère sera la pire des punitions. Cela me rappelle d'ailleurs l'histoire du miroir brisé vous la connaissez ?

Le prince Ayoub fronça les sourcils.

- Celle des jumeaux ?

Le roi Hamad qui s'était approché avec tout le groupe reprit en souriant.

- C'est l'une des histoires que Wassim adorait leur raconter.

Celui-ci hocha la tête, il semblait si triste que Zoé en eut la gorge serrée.

Noam encadré par des gardes arriva à l'hôpital, il était décomposé. Il tomba à genoux devant le prince Ayoub en le suppliant de le laisser voir son frère.

Celui-ci d'un air sévère, les traits figés le regarda un long moment en silence. Il interrogea un médecin qui autorisa une brève entrevue, Naïm étant encore conscient.

- Je le fais pour Naïm pas pour toi. Tu ne mérites que mon mépris, mais ton frère a le droit de savoir les raisons de ta trahison. Tu as cinq minutes pas une de plus, dit-il en se détournant de lui.

Ils attendirent sur une immense terrasse ombragée, qui offrait une vue panoramique sur la capitale. Cependant la beauté des lieux, n'arrivait pas à calmer leur angoisse.

Noam fut raccompagné par des soldats, il s'affala lourdement sur une chaise, des larmes coulaient sur ses joues.

- Je vais perdre ce que j'ai de plus précieux, une partie de moi, je suis un monstre vous aviez raison, reconnut-il en regardant le groupe silencieux qui l'entourait. J'ai confessé mes crimes à mon frère, je devrais être à sa place.

Il leva les yeux vers le prince Ayoub.

- Tu avais raison, jamais il ne t'aurait trahi. Je pensais qu'il rejoindrait ma cause, qu'il serait heureux de gouverner enfin ce pays. Il a compris que je vivais dans la haine depuis toujours que cela avait obscurci mon raisonnement, mais il… il m'a pardonné quoi qu'il arrive, dit-il en sanglotant, et pourtant je ne le mérite pas.

Les épaules voutées, l'air accablé, c'était un homme brisé qui se tenait devant eux.

- J'accepterai ma punition, enfermez moi jusqu'à la fin de ma vie si vous voulez, cela m'est bien égal. Rien ne pourra être plus douloureux que de perdre mon frère, conclut-il la voix émue.

- Bien sûr que tu seras puni comme il se doit, affirma le roi Hamad avec autorité.

Zoé mit sa main sur son bras.

- Non ! Attendez. Tout à l'heure je parlais de cette fameuse légende du miroir brisé. J'ai compris altesse. La grand-mère des jumeaux vouait une haine féroce à votre famille, elle n'avait qu'un désir, se venger. Cette femme a été comme ce morceau fiché dans le cœur de l'un d'entre eux. Chaque jour elle a distillé sa haine. Elle s'est acharnée sur le plus sensible des enfants, altérant ainsi à jamais son jugement. Peu importe votre comportement, vous étiez l'ennemi. Mais je crois que comme dans l'histoire cet éclat enfoncé dans le cœur vient de disparaitre, il a pris conscience de ses crimes.

Le roi fronça les sourcils.

- Que veux-tu dire ? On devrait lui pardonner ? Tu oublies sa trahison, les accords qu'il voulait signer avec cette puissance étrangère, les troubles aux frontières ?

- Qu'on le veuille ou pas, nous sommes le fruit de notre éducation, elle nous modèle. Quand elle est négative, néfaste, certains arrivent à s'en affranchir, d'autres pas. Il a grandi dans la haine à cause d'elle. Wassim lui-même l'a reconnu c'était une personne odieuse, aigrie, qui a fait d'un enfant l'instrument de sa vengeance. Vous êtes un roi, avec un cœur immense, ne laissez pas la colère obscurcir votre jugement. En plus nous allons très bientôt trouver la preuve irréfutable de votre droit à régner sur Koubar Une nouvelle ère prospère va pouvoir commencer. Tout le monde mérite une seconde chance.

Le roi l'observa en silence, tous les autres les entouraient attendant sa décision. Il se tourna vers Nanny.

- Tu avais raison Clarie.

- Comme toujours, répondit-elle d'un air mutin, mais en quoi ai-je raison cette fois-ci ?

- Elle est pleine de sagesse, affirma-t-il en pointant son index sur Zoé qui tenait GRIMA dans ses bras. Je crois que le temps des vengeances est terminé, de toute façon la pire des punitions est de voir ainsi son frère.

Il observa Noam avec attention.

- Tu devras réparer tous tes torts.

Celui-ci hocha la tête humblement.

- Si mon frère s'en sort, je passerai ma vie à faire le bien, comme dans la légende du miroir brisé. Naïm m'a affirmé qu'il codirigeait le royaume, il ne s'est jamais senti inférieur au prince Ayoub comme je le croyais. Il m'a dit que le temps des dictatures était terminé, qu'aujourd'hui un pays devait se diriger pour le bien d'un peuple et non pour l'égo d'un homme, il m'a expliqué la bêtise de cet accord.

Il soupira longuement avant de reprendre.

- Il était choqué en apprenant les accords qui avaient été fixés avec cette puissance étrangère, alors que lui se bat pour notre liberté depuis toujours. De toute façon si mon frère décède, la vie n'aura plus aucun sens pour moi.

Le roi Hamad fut touché par la tristesse évidente de Noam.

- Pas question ! Tu as maintenant une mission ce sera ta condamnation à vie.

- Ma conda... condamnation, mais en quoi consiste-t-elle ?

- Noam tu devras passer le reste de ton existence à réparer tout le mal que tu as fait, ton frère a œuvré pour le bien de ce royaume, à toi de perpétuer cela. D'abord tu devras ramener la paix aux frontières en te rendant directement là-bas, tu dois à mon avis être très proche d'Abdul Al-Misri, à toi de le convaincre de cesser sa rébellion. Ensuite tu poursuivras aux côtés de Naïm le développement de notre royaume.

Il hocha piteusement la tête, assurant le roi de sa fidélité.

Zoé s'approcha en fronçant les sourcils.

- Pourquoi avoir voulu vous faire passer pour Naïm auprès de l'émissaire d'Abdul Al-Misri, en mettant comme lui un costume ?

- Il admire énormément mon frère, et je savais que pour qu'il me suive dans cette rébellion il fallait qu'il pense que Naïm faisait partie du projet. Je devais lui faire croire nous étions tous les deux prêts à prendre le pouvoir, c'était là une condition essentielle pour qu'il nous soutienne. J'étais sincèrement persuadé que mon frère serait heureux de gouverner à mes côtés, je me suis dit qu'une fois qu'il verrait que c'était possible, Naïm me rejoindrait. Je … je faisais erreur. Je me suis tellement trompé, avoua-t-il en prenant sa tête entre ses mains.

- Au fait Zoé comment as-tu su que Mathieu était en danger ? Demanda Nanny en s'approchant doucement d'elle.

Zoé sentit ses joues devenir cramoisies, elle serra un peu plus fort GRIMA dans ses bras.

- J'ai… j'ai fait un rêve, Nostradamus m'est apparu il…

- Nostradamus ! Répéta Noam l'air ahuri.

- Et alors ? Insista Nanny en plissant les yeux.

Zoé soupira longuement comment ne pas se trahir ? Elle s'humecta les lèvres avant de poursuivre.

- Il m'a dit « tuus est in periculo »

Nanny croisa les bras et pencha la tête en l'observant avec attention.

- Il ne manquerait pas un mot ?

Oh flûte ! Nanny était si perspicace, comment se sortir de ce mauvais pas, pensa Zoé en caressant GRIMA.

- C'est vrai mon latin est un peu rouillé, mais il en manque bien un, confirma Céline en la regardant avec sérieux.

- Eh ! C'est du latin autant dire du chinois, je n'ai peut-être pas tout saisi.

- Mais suffisamment pour savoir qu'il s'agissait de Mathieu, répliqua Nanny avec un petit sourire en coin.

- Simple déduction, il était le seul à être absent ce matin, répondit Zoé d'une voix fluette.

- Hum ! Hum ! J'aimerais te parler Zoé, affirma Nanny en la prenant par le bras pour s'éloigner légèrement du groupe qui ne les quittait pas des yeux.

- Zoé, ce mot ce ne serait pas « amor » ?

Celle-ci baissa la tête, en se mordillant les lèvres.

- Ne commets pas la même erreur que moi, pourquoi nier tes sentiments ?

- Nous avons des missions à accomplir, je ne dois pas me disperser, me laisser distraire, c'est trop important.

- Tu n'es pas une nonne, on ne te demande pas de sacrifier ta vie.

Nanny soupira.

- Tu sais j'ai fait ce choix un jour, j'ai laissé partir mon grand amour, par respect des traditions, pour faire ce qu'on attendait de moi et au final j'ai eu tort.

- Mais vous disiez que vous aviez été heureuse avec le grand-père de Nicolas.

- C'est vrai, c'était un homme admirable qui aurait mérité d'être aimé totalement. Il a toujours senti qu'il y avait quelqu'un d'autre dans mon cœur, oh ! Il ne me l'a jamais reproché, il était si gentil. Je n'ai jamais pu oublier mon grand amour de toujours, j'avais beau savoir que c'était impossible, il restait une petite flamme d'espoir qui brillait, qui refusait de s'éteindre. Je crois que…

Nanny tourna la tête vers le roi Hamad qui la couvait d'un regard plein d'amour. Elle poussa un long soupir.

- En fait, je suis sortie avec le grand-père de Nicolas pour fuir ce chagrin qui m'engloutissait en permanence, pour ne plus penser à Hamad, mais c'était impossible il faisait partie de moi. À dix-huit ans j'étais mariée et j'ai eu mon fils très vite, mais ce vide en moi est resté, il ne m'a jamais quitté, et je m'en voulais, mon mari m'aimait sincèrement de tout son cœur, il méritait mieux, j'ai honte de l'avouer.

Elle secoua la tête tristement.

- Pourtant j'ai essayé de toutes mes forces, mais c'était un combat perdu d'avance. Au final quatre personnes ont souffert.

- Quatre ?

- Oui Hamad qui je le sais maintenant n'aurait pas hésité à affronter son tyran de père pour moi, mais je ne l'ai pas soutenu, je l'ai abandonné, dit-elle en le regardant tendrement. Il a espéré longtemps, il a cru en notre amour plus que moi, et il s'est marié par dépit. Ensuite il y a eu nos conjoints respectifs, nous n'avons pas pu les aimer totalement. En fait toutes ces années nous nous sommes menti, je ne suis pas fière de moi. Quand on a la chance de trouver son âme sœur on ne doit pas passer à côté du bonheur.

- Mais comment savoir que c'est le bon ? C'est d'abord mon ami, et si cela ne marchait pas entre nous je pourrais perdre quelque chose de précieux, je ne veux pas détruire l'harmonie de notre groupe, les enjeux sont énormes.

- Mais l'amour véritable vaut le coup de prendre des risques. Tu vois le côté noir, imagine seulement que cela fonctionne parfaitement, tu aurais ton grand amour, et ton meilleur ami à tes côtés, quelqu'un qui te comprendrait parfaitement.

Zoé se mordilla les lèvres, GRIMA ronronnait doucement dans ses bras, et si la vie était aussi simple ? Et s'il suffisait juste d'écouter son cœur d'être sincère avec soi-même ? Elle releva la tête et vit Nanny se diriger vers le roi Hamad qui l'enlaça tendrement.

Mathieu s'approcha doucement s'arrêtant juste devant elle, avec sa chevelure flamboyante et ses beaux yeux bleus empreints de douceur, il fit fondre le cœur de Zoé.

- C'était quoi ce fameux mot Zoé ?

Elle ouvrit la bouche s'en parvenir à le prononcer, elle le formula du bout des lèvres.

- Amour ! Répéta avec émotion Mathieu, en mettant son bras autour de ses épaules, il entraîna Zoé un peu plus loin.

- J'ai tellement attendu ce moment que je n'y croyais plus, moi aussi je t'aime Zoé depuis le premier jour. Je n'osais pas, j'avais peur que tu ne partages pas mes sentiments, ton rejet m'aurait tué plus sûrement que ce serpent.

- Mais si…

- Zoé la vie est pleine de surprises, mais je ne veux pas un jour regretter de n'avoir pas tenté de vivre heureux. Quoi qu'il arrive nous le ferons ensemble.

Il l'embrassa tendrement sur les lèvres, et des hourras joyeux s'élevèrent autour d'eux.

- Je le savais ! Affirma Sophie en tapant dans ses mains, c'était visible à un kilomètre.

- Mais bien sûr ! Rétorqua moqueur Nicolas nous avons avec nous, Tiburge- Hatchepsout, madame Irma la Bécasse, une célèbre voyante.

Ils éclatèrent tous de rire, en félicitant Zoé et Mathieu. Martine les embrassa à son tour, elle semblait si heureuse de cet aveu.

- Moi aussi je l'avais deviné, affirma-t-elle en souriant.

- Mais comment maman ?

- Hum ! Peut-être parce qu'un certain prénom revenait constamment dans tes phrases, que tes yeux s'illuminaient de bonheur quand tu la voyais. Une mère sent cela, elle n'a pas besoin qu'on le lui dise. Zoé je suis tellement contente pour vous deux, mon cœur va exploser de bonheur. Après… le décès de mon mari, le chagrin régnait à la maison. Voir Mathieu si malheureux me détruisait et puis tu es apparue comme une petite tornade, pétillante lumineuse et tu as apporté le bonheur avec toi, alors merci pour tout. Elle se baissa pour caresser GRIMA, merci à toi aussi, dit-elle avec émotion, je te dois tant.

Le médecin arriva mettant fin à cette effusion de joie. L'état de Naïm venait brusquement de s'aggraver. Le scanner cérébral pratiqué en urgence révélait une hémorragie méningée ainsi que la présence d'hématomes intracérébraux.

- Il est dans le coma votre Altesse poursuivait le médecin, j'ai bien peur que nous ne puissions le sauver, il faudrait un véritable miracle.

Des cris de stupéfaction fusèrent, puis l'abattement se répandit, l'issue semblait fatale. GRIMA s'agita dans les bras de Zoé, semblant vouloir la réveiller de sa torpeur. Que pouvait-elle faire pour le sauver ? Cela ne dépendait pas d'elle. Elle n'avait aucune compétence dans ce domaine. Zoé soupira tristement, elle n'était qu'une chercheuse de trésor, elle élucidait les mystères avec ses amis. GRIMA la regarda avec attention.

Elle se mordilla la lèvre et commença à marcher de long en large sur la terrasse.

- Zoé je t'en prie arrête tu me donnes la migraine, murmura tristement Nanny.

Celle-ci se tourna vers ses amis en souriant.

- Nous pouvons tenter quelque chose pour le sauver.

- Mais quoi ? S'écria le roi Hamad.

- Je suis prêt à donner ma vie pour mon frère, intervint d'une voix suppliante Noam.

- Il y a eu assez de victimes comme cela, rétorqua le roi Hamad.

- Paul j'ai besoin de vous, si j'ai raison nous allons pouvoir sauver Naïm.

CHAPITRE 12

- Mais comment ? Répliqua d'un air étonné Paul.

- L'objet est-il arrivé au palais ?

- Euh ! Oui il y a deux heures, trois de mes hommes l'ont apporté.

- Parfait, qu'ils l'amènent ici le plus vite possible.

Paul sortit son téléphone immédiatement, le roi Hamad s'approcha en fronçant les sourcils.

- Je ne comprends pas quel rapport avec Naïm ?

- Votre altesse, depuis le début Wassim pense que la Kenza de la légende est la première reine de Koubar et…

- Oui mais je n'ai pas pu le prouver, l'interrompit celui-ci d'un air dépité.

- Ce n'est pas grave Wassim, nous allons le faire.

- Et en quoi, ce sceptre ou…ce bâton va-t-il pouvoir nous aider à sauver mon frère, supplia Noam d'une voix émue, brisée par le chagrin.

- La magie Noam ! La magie ! Il faut savoir parfois croire aux légendes, aux histoires, aux récits, à la Bible, au Coran, c'est important de les comprendre.

- Tu es sûre de toi ? Murmura Nanny doucement, je ne voudrais pas qu'on leur donne de faux espoirs.

- Nanny, GRIMA est persuadé que je peux l'aider, je pense savoir comment. Elle prit une grande respiration pour s'insuffler du courage. Je dois tenter le tout pour le tout.

Ses amis hochèrent gravement la tête, Mathieu prit sa main dans la sienne pour l'encourager.

- Tu vas réussir, je n'en doute pas ! Dit-il avec conviction.

Zoé le regarda le cœur battant, il restait très peu de temps pour sauver Naïm, elle n'avait pas droit à l'erreur. Le compte à rebours était enclenché.

Des hommes vêtus de noir arrivèrent, tenant l'objet enveloppé précieusement. Paul le remit à Zoé qui l'observa un long moment, c'était bien le même.

- Et maintenant ? Interrogea Éric à ses côtés.

Zoé passa sa main sur les gravures remontant vers les griffes, elle découvrit des petites dents comme des crans qui entouraient l'embout en métal précieux sûrement de l'or. Elle tira de toutes ses forces sur la partie supérieure qui était plus large et confirmait ainsi sa théorie, hélas ! Sans succès.

- Eh ! Attention vous allez l'abimer s'inquiéta Wassim. Qui mit sa main sur l'objet. Je n'en reviens pas, murmura-t-il d'une voix émue, c'est le même que sur les peintures c'est celui que tenait la reine sur chaque fresque.

GRIMA miaula fortement comme un énorme feulement, tout le monde le regarda avec étonnement. Cela rappela un souvenir à Zoé qui resta figée un instant. GRIMA avait déjà réagi une fois de la même façon, c'était en voyant le roi Hamad porter l'anneau de la vérité.

- Altesse j'ai encore besoin de votre aide, ajouta-t-elle en se tournant joyeusement vers lui. Il me faut l'anneau de la vérité.

- Quoi ! Mais c'est un trésor national, ce n'est pas un jouet je ne peux…

- Oh ! Si tu savais ce qu'ils ont fait de ma précieuse canne. C'était pourtant un héritage familial, précisa Nanny en souriant.

- Maintenant ! Insista Zoé avec détermination.

- Père, donne-lui l'anneau de la vérité, ordonna le prince Ayoub.

Le roi Hamad, accepta et fit signe à son assistant de le lui rapporter immédiatement.

- Tu peux nous expliquer Zoé ? Demanda Céline en se mordillant les lèvres.

Zoé les regarda avec un petit sourire en coin.

- Rappelez-vous la légende de Kenza, nous savons qu'elle était originaire d'Égypte, que sa tribu s'était installée près de la frontière et qu'elle voyageait beaucoup avec son père. Toutefois, il y a aussi un autre détail important.

- De quoi parles-tu ? Interrogea Céline avec curiosité.

- Elle adorait collectionner les objets, mais pas n'importe lesquels, ils devaient avoir une histoire. Nanny nous en a raconté une autre.

- Laquelle ? Tu parles de la Sainte Lance ? Oh ! Tu crois qu'il y a un lien entre les deux, s'écria Nanny d'un air stupéfait.

- Pourquoi pas ! Nous savons que cette lance avait un pouvoir magique, elle a soigné Sem le plus jeune fils du roi de la cité d'Ubar.

- Mais là, c'est un genre de sceptre, pas une lance, affirma Martine en regardant l'objet de plus près.

- Si Wassim a raison, si Kenza et la première reine de Koubar ne sont qu'une seule et même personne, on peut logiquement supposer qu'elle avait gardé la lance magique en sa possession. Et où cacheriez-vous un objet aussi précieux ? Interrogea Zoé d'un air malicieux.

- Sous ses yeux en permanence, afin de ne jamais le perdre, répondit Éric médusé. Donc la première reine, s'il s'agit bien de Kenza l'aura conservé tout au long de sa vie à ses côtés.

- Le sceptre serait la Sainte Lance ? Murmura Martine stupéfaite.

Zoé grimaça.

- Nous devons le prouver, mais je pense qu'il dissimule la pointe de la lance. Un autre indice m'incite à croire que nous tenons la vérité.

- Lequel ? Interrogea Paul avec curiosité.

- Nous savons que les chevaliers des Templiers, convoitaient toutes les reliques religieuses, c'était leur mission. Cela expliquerait peut-être pourquoi ils sont venus piller Koubar, ils savaient qu'un trésor précieux s'y trouvait. Ils ont pris l'émeraude et peut-être se sont-ils emparés de cet objet sans savoir qu'ils tenaient là ce qu'ils étaient venus chercher, une relique de la plus haute importance, la Sainte Lance.

- Hum ! Je préfère prospecter plutôt que piller, si tu permets, rectifia Paul légèrement vexé.

Le roi Hamad lui tapota dans le dos.

- C'est si vieux tout ça, on ne va pas reprocher des faits aussi anciens. Dans l'histoire il y a forcément des actes qui n'étaient pas glorieux, qui nous font honte, mais on ne peut pas les dissimuler. Nous ne devons jamais vouloir les effacer. Ce serait nier la réalité, atténuer la gravité des souffrances humaines endurées. Je pense aussi que cela nous permet de comprendre l'évolution de nos sociétés, les choix faits. Si on retirait tout ce qui nous déplaît, nous choque, nous empêcherions une partie de la jeunesse de comprendre les drames, d'en tirer les leçons pour un meilleur avenir. Notre passé deviendrait comme une légende, un récit sans authenticité, certains penseraient que nous avons exagéré, ce sont des preuves formelles de ce qui s'est passé.

Le roi Hamad, regarda avec tristesse ses amis.

- J'en sais quelque chose, mon père était un tyran, c'est sûrement aussi l'une des raisons qui explique ma volonté et celle de mes fils de tirer mon pays vers le haut, de lui offrir un bel avenir. Nous avons retenu la leçon. Je veux que le peuple se souvienne de ce qu'il a fait, de son règne de terreur, et se rende compte du chemin parcouru, de notre désir de réparer tous ses torts. Nous ne pouvons pas réécrire l'histoire, nous devons juste comprendre les faits et vouloir faire mieux, afin de ne jamais reproduire les erreurs. L'histoire est ce qu'elle est, une retranscription la plus juste possible de notre passé, à nous d'améliorer notre avenir. On ne demande pas de valider, d'apprécier tous les actes, ou faits, mais juste de les connaître, ce savoir est essentiel, pour faire de nous un homme meilleur.

Paul hocha la tête doucement, approuvant les explications du roi Hamad. L'assistant revint muni d'un écrin renfermant le précieux anneau de la vérité. Le souverain s'en saisit et le remit à Zoé en soupirant.

- Prenez en soin, c'est un trésor.

Zoé et ses amis l'observèrent un long moment silencieusement.

- Éric tu as une idée ? Demanda Céline en le regardant attentivement.

- Eh ! Je suis prof de maths pas de techno, répliqua-t-il en se frottant le menton.

- Wassim il y a des inscriptions gravées sur le bâton, vous pouvez nous dire de quoi il s'agit.

Wassim rajusta ses lunettes et commença à étudier méticuleusement chaque gravure.

- Hum ! Hum !

- Mais encore, il est écrit quoi Wassim ? Demanda Zoé avec empressement.

- On parle du secret, du poids de la vérité. Ici il est marqué, qu'il faut la sagesse de deux êtres exceptionnels, pour préserver l'harmonie du monde, la paix. Qu'une magie puissante, peut troubler l'esprit, même le plus pur.

- Waouh ! Un peu flippant son bâton, murmura Sophie en penchant la tête. Il veut dire quoi par-là ?

Zoé regarda GRIMA, qui était sagement assis à ses côtés, il l'observait avec attention. Elle se baissa pour le caresser.

- Comme pour GRIMA et moi.

- Comment ça ? La coupa Nanny en fronçant les sourcils.

- Pour agir, nous formons un binôme parfait avec votre aide bien sûr. Mais sans lui je ne suis rien, il a besoin de moi pour transmettre ses visions et moi de lui pour les recevoir.

- Et alors ? Intervint Mathieu.

- Kenza avait en sa possession un objet fascinant, la Sainte Lance, c'était très convoité, la preuve le royaume de Koubar fut pillé pour cela. Il doit être utilisé à bon escient uniquement, mais la tentation doit être grande, constante. Le meilleur moyen d'y résister, c'est de partager sa possession, pour faire preuve de discernement lors de son usage, c'est marqué sur le manche, c'est une magie puissante qui peut troubler l'esprit.

- Je ne comprends pas, rétorqua le roi Hamad.

- Kenza était sûrement très intelligente et pleine de sagesse, elle ne voulait pas être tentée, elle a donc dissimulé la lance sous ce sceptre et pour enlever la partie supérieure, il lui fallait l'anneau de la vérité, dit-elle en le brandissant. Ainsi l'utilisation de la lance était le résultat d'une décision mûrement réfléchie avec son roi. Il fallait qu'ils soient tous les deux d'accord, une manière de s'assurer que le pouvoir de la lance resterait sous contrôle.

- C'est fou ! Murmura Noam impressionné.

- Bon ! Donnez-moi ce bâton et cet anneau, ordonna Éric, à priori il ne suffit pas juste de le faire glisser, car les crans sur le bâton ne s'incrustent pas dans ceux de l'anneau. Je remarque que le sceptre est muni aussi du fameux serpent qui se mord la queue comme l'anneau. Donc un symbole identique. Celui sur le manche est fixé sur un socle gravé.

- Et tout ça c'est en or ! Reprit Sophie admirative.

- Oui ! Vous vous souvenez de la fameuse boîte, et des symboles ? Interrogea Éric en regardant ses amis.

- Alors il doit suffire de pousser ou de tirer, suggéra Céline avec impatience.

- Non il ne se passe rien.

- Vous permettez ? Demanda Marc en tendant la main.

- Attention Marc c'est précieux, ne va pas casser quelque chose, précisa Nanny avec inquiétude.

- Il y a un serpent qui se mord la queue à la base du socle, puis plus bas on voit une lune, un soleil, des étoiles et un symbole d'infinité.

- Un symbole d'infinité ? Eh ! Wassim nous avait parlé d'un symbole d'éternité en décrivant ce fameux serpent n'est-ce pas ? L'interrogea Céline en se tournant vers lui.

- Oui c'est exact confirma-t-il en fronçant les sourcils.

- C'est la même chose non ? Interrogea Sophie.

- Donne-moi cela, j'ai une idée, s'écria joyeusement Zoé. Pas tout à fait Sophie, dans la religion et même en philosophie on utilise souvent le concept de l'éternité. L'infini c'est plus dans les maths et la physique.

- C'est exact, précisa Éric.

- Le pouvoir de cette lance est à la fois un symbole religieux mais aussi magique, pour Kenza je pense qu'ils étaient liés. Un rapprochement de ces deux signes me semble logique, affirma Zoé avec conviction.

Elle fit pivoter le symbole du serpent à la base du socle avec celui de l'infinité, les crans sur le bâton surgirent et s'ajustèrent dans ceux de l'anneau de la vérité.

Des cris de joie fusèrent. Délicatement Zoé tira sur le sceptre révélant la sainte lance.

- Oh mon Dieu ! Du sang perle à son extrémité comme c'est écrit dans la Bible, précisa Nanny en faisant un signe de croix.

- Oh ! Mais c'est dégoûtant, c'est un truc à se choper une infection, beurk ! Murmura Sophie en grimaçant.

- Bien sûr que non ! Il s'agit du sang du Christ. On dit qu'il coule en permanence sur sa pointe, fit remarquer Nanny.

Ils restèrent un long moment à l'observer, ils étaient tous tétanisés par cet objet si précieux.

- Et maintenant ? Demanda le roi Hamad.

- Dites aux médecins de me laisser seule un moment avec Naïm votre altesse.

Zoé pénétra dans la chambre munie de la lance et referma doucement la porte derrière elle.

Le médecin s'approcha de Noam.

- Vous devriez peut-être aller faire vos adieux à votre frère, j'ai bien peur qu'il n'en n'ait plus pour longtemps, conclut-il d'une voix affligée.

Noam ne quittait pas des yeux la porte, le visage ravagé par le chagrin. Il se tourna vers le roi Hamad.

- Je vous jure que je passerai ma vie à réparer mes torts, mais j'implore le pardon d'Allah, qu'il sauve mon frère, il ne mérite pas de mourir, j'aurais dû être à sa place, je suis un monstre.

Le roi Hamad s'approcha doucement et mit son bras autour de ses épaules.

- Nous ne souhaitons la mort de personne, notre destin est déjà écrit de toute façon. Tu t'es laissé aveugler par la haine de cette vieille femme qui a noirci ton cœur, j'aurais dû le comprendre, moi aussi j'ai failli dans mon rôle de père. Je n'ai pas été assez attentif. Aujourd'hui tu as pris conscience de tes erreurs. Enfin, tu vois la vérité, et je sais au fond de mon cœur que la bonne personne que tu es passera sa vie à les corriger. Ne gâche pas cette dernière chance.

- Oh non ! Je vais tout faire pour mériter de nouveau ta confiance père.

Le roi Hamad eut les yeux embués de larmes.

La porte s'ouvrit de nouveau et Zoé ressortit en tenant la lance dans la main, derrière elle, Naïm apparut.

Des cris de joie se firent entendre, Noam se jeta dans les bras de son frère en pleurant, en implorant son pardon. Tout le groupe entoura Naïm.

Le roi Hamad, se recula avec Nanny pour observer cette scène miraculeuse. Zoé s'approcha d'eux, et heurta malencontreusement une chaise, faisant basculer la lance qui égratigna la jambe de Nanny, en la redressant elle effleura la main du roi Hamad.

- Mais enfin attention Zoé cet objet est précieux, précisa Nanny en se frottant la jambe.

- Oh ! Je suis désolée, je suis si maladroite parfois que cela frise la bêtise.

Nanny plissa les yeux en l'observant de plus prés. Elle se redressa en se tenant la jambe et poussa un cri de stupéfaction.

- Tu…mais… Nanny fut interrompue par l'arrivée de Paul.

- Je crois que nous devrions remettre le sceptre en place, qu'en pensez-vous altesse ?

- Je le crois aussi, affirma le roi, cet objet risque d'attiser bien des convoitises.

Éric et Paul se chargèrent de remettre l'embout avec précaution, quand le médecin qui venait de surgir du couloir poussa des cris en mettant ses mains sur sa tête.

- C'est impossible ! S'écria-t-il avec stupéfaction. Toutes les analyses nous annonçaient une mort imminente. Je n'en crois pas mes yeux. Nous devons refaire des examens, c'est incroyable.

Le roi Hamad, essaya de le calmer, ce pauvre homme commençait à douter de ses capacités. Le prince Ayoub, Amir, Noam et Naïm souriaient, heureux de se retrouver ensemble.

- Et maintenant ? Interrogea joyeusement Nicolas.

- Nous devons prouver que Céline avait raison, qu'il existe bien une autre pièce, cela confirmera la théorie de Wassim, affirma Zoé.

CHAPITRE 13

Ils étaient tous soulagés, après avoir frôlé la catastrophe, ils avaient réussi à sauver la vie de Naïm.

En arrivant au palais, Nanny prit Zoé discrètement par le bras.

- Tu n'as jamais été maladroite, affirma-t-elle en plissant les yeux.

- Ah bon ! Répliqua d'un air mutin Zoé.

- J'ai de suite compris ce que tu avais fait. J'ai ressenti des fourmillements dans ma jambe et ma hanche, la douleur a disparu comme par enchantement. Zoé je n'ai pas assez de mots pour te remercier, mais on ne doit jamais utiliser la magie pour soi, dans son propre intérêt.

- Mais, vous ne m'avez rien demandé Nanny, et je ne l'ai pas utilisée pour moi. Donc nous avons respecté cette règle tacite. En plus, dorénavant le cœur du roi Hamad ne battra que pour vous.

- Co…comment ça ? Interrogea-t-elle d'un air ahuri.

- Hum ! Je crois que je l'ai égratigné, par inadvertance, je peux me montrer si empotée parfois. À mon avis il n'aura plus besoin de son cardiologue et ce pauvre médecin n'en reviendra pas.

- Quoi ! L'interrompit Nanny. Ses yeux s'embuèrent de larmes, elle prit Zoé dans ses bras et la serra contre son cœur. Merci ! J'ai trouvé le mot parfait au final, murmura-t-elle en souriant, et il vient du plus profond de mon être.

Ils arrivèrent devant la porte donnant accès aux deux pièces. Ils restèrent un long moment figés. Zoé se tourna vers le groupe.

- Altesse que comptez-vous faire de cet objet après ?

Le roi Hamad pivota vers ses quatre fils, s'en suivit une discussion rapide en arabe. Ils hochèrent la tête en souriant.

- Tu l'as dit Zoé, un grand pouvoir implique de grandes responsabilités. Kenza, si nous arrivons à prouver qu'il s'agit bien de la première reine de Koubar, a su faire preuve d'une immense sagesse. Nous agirons de même, nous conserverons l'anneau de la vérité et les chevaliers des Templiers seront les gardiens de la lance ou du sceptre peu importe son nom. Un pouvoir partagé, pour éviter une utilisation malsaine de cette précieuse relique.

Paul mit sa main sur son cœur et s'inclina respectueusement. La sagesse l'emportait pour le bien de l'humanité.

- Bon ! Alors maintenant découvrons l'origine de Koubar, précisa Zoé en souriant.

En pénétrant dans la première pièce, ils admirèrent de nouveau les contes des Mille et une nuits, ils cachaient bien des mystères, pensa Zoé en les regardant. Wassim joyeusement tapa dans ses mains.

- Je le savais depuis toujours, j'ai envoyé un message à mon ami monsieur Wilmer.

- Ton ami ? Et depuis quand ? Interrogea le roi Hamad en pouffant de rire. Tu le traitais de mécréant, d'incompétent, d'archéologue de pacotilles.

- Depuis qu'il ne me parle plus des piquets de tente, répondit-il en faisant un clin d'œil. Il veut que je le tienne au courant de nos découvertes, il brûle d'impatience, comme nous tous d'ailleurs.

Zoé admira la légende de Kenza et la lance magique. Cette jeune femme au destin incroyable, fille de marchand, devenue sûrement la première reine de Koubar. Elle se dirigea vers la seconde salle, entraînant derrière elle ses amis.

- Et dire que le secret de l'origine de Koubar était là juste à côté de nous depuis tout ce temps, affirma le roi Hamad en secouant la tête.

- J'ai peur, tout à coup, après tout ce ne sont que des suppositions, et si nous ne trouvons pas la tablette ? S'inquiéta Naïm.

- Ce n'est pas grave affirma Noam en enlaçant les épaules de son frère, nous avons déjà suffisamment d'indices, et aujourd'hui j'ai retrouvé quelque chose de plus précieux que notre tablette d'origine, ma famille ! J'ai toujours pensé que nous avions été accueillis par pitié, pour réparer des torts.

- Oh non ! Jamais ! Je l'ai fait par amour, vous étiez si jeunes, je l'ai peut-être mal exprimé. Je m'étais donné pour mission de corriger tout le mal qu'avait fait mon père, je n'avais pas une minute à moi. Cependant dans mon cœur depuis toujours j'ai quatre fils, affirma le roi Hamad avec sincérité.

Noam, Naïm, Ayoub et Amir l'enlacèrent tendrement.

- Ils vont me faire pleurer, murmura avec émotion Sophie.

Zoé prit GRIMA dans ses bras, elle lui grattouilla le menton.

- Tout ça c'est encore grâce à toi, petit malin. Ton pouvoir est bien plus grand, tu es un semeur de bonheur mon bébé. Maintenant nous devons terminer cette aventure.

Ils regardèrent les fresques d'un œil nouveau, persuadés de se trouver enfin devant la première reine de Koubar. Ils étudièrent les murs à la recherche d'un indice.

- Cela ne sert à rien, depuis le temps que nous étudions cette pièce elle n'a plus de secrets pour moi. S'il en existait une autre j'aurais remarqué quelque chose, murmura Wassim en soupirant.

Zoé demanda le sceptre au roi Hamad.

- Tu es sûr de toi Zoé ? S'inquiéta Nicolas.

- Nous allons de suite le savoir, elle tendit le bâton vers le centre du serpent qui se mord la queue, afin d'introduire les griffes dans les trous, mais ses amis pouffèrent de rire. Zoé était bien trop petite.

- Tu as oublié un détail, si le premier roi de Koubar était bien l'un des descendants de Noé, un des princes d'Ubar, même décrit comme petit dans la légende, à mon avis, il devait être d'une taille hors norme. Ayoub à toi l'honneur tu es le plus grand, précisa Amir en souriant.

Celui-ci dut s'y reprendre à plusieurs fois, en se mettant sur la pointe des pieds. Il réussit enfin à introduire les griffes dans les trous prévus à cet effet, il se tourna vers Zoé.

- Et maintenant ?

- Euh ! Il faudrait essayer de pousser ou de faire pivoter.

Lentement le sceptre s'enfonça un peu plus en tournant sur la droite. Un bruit énorme se fit entendre, ils se retournèrent brusquement vers le fond de la pièce.

- Je n'en crois pas mes yeux, il y a bien une autre pièce.

Ils virent un énorme granit se soulever doucement permettant d'accéder à un long couloir en pente. Zoé avait le cœur battant, une odeur de renfermé se répandit dans l'air.

- Pouah ! Quelle horreur cette puanteur, s'écria Sophie en mettant sa main devant son nez.

Wassim se précipita vers l'ouverture, mais il fut stopper net par Éric.

- Non ! Regardez, il s'agit d'une herse.

Il se pencha et montra à ses amis une rainure dans laquelle le granit était enfoncé.

- C'est quoi ce truc ? Demanda avec curiosité Marc.

- C'était sûrement pour empêcher les intrus de soulever ce granit, la pierre était enfoncée profondément dans cette fente. C'est un système inviolable et très ingénieux, on le retrouve dans certaines pyramides, pour protéger des accès.

Zoé avait les yeux levés vers le granit.

- C'est un peu flippant ce système, si on pénètre dans ce couloir qu'est-ce qui nous dit que le granit ne retombera pas derrière nous en nous piégeant à jamais ?

- Voilà pourquoi nous devons être très prudents. Je suis d'avis qu'on devrait demander à monsieur Wilmer de nous rejoindre, il a plus l'habitude des dangers et autres vilaines surprises que nous pourrions rencontrer, affirma Éric.

- Il a raison, insista Nanny, ne prenons aucun risque.

- Quoi ? Attendre encore ? S'écria exaspéré Amir.

Le roi Hamad mit la main sur l'épaule de son fils.

- Nous patientons depuis si longtemps nous ne sommes plus à une heure près. Noam, fait venir monsieur Wilmer immédiatement.

L'attente leur parut insoutenable, le temps s'écoulait si doucement, ils s'approchaient de l'entrée essayant de deviner ce qui se cachait derrière. Marc se pencha un peu plus.

- Eh ! Fais gaffe ce truc va retomber brusquement, tu vas voir cette herse va devenir une guillotine, il ne manquerait plus que ça, précisa Sophie en le tirant en arrière.

- C'est vrai Marc, attention ce n'est pas le moment, il y a eu suffisamment d'accidents, répliqua Nanny.

Ce fut un cri d'enthousiasme qui les fit se retourner, monsieur Wilmer jubilait.

- Je n'en crois pas mes yeux ! Vous réalisez tous mes rêves.

Wassim lui raconta leurs découvertes et lui montra le sceptre ayant actionné l'ouverture.

- Vous avez bien fait d'attendre. Il faut réfléchir avant d'avancer. Effectivement, dit-il en observant les rainures au sol et sur les côtés, c'est bien un système pour protéger les lieux.

- Vous pensez qu'il y a des pièges ? Interrogea avec inquiétude Sophie.

- Hum ! Probablement. Il se retourna les yeux pétillants de bonheur, c'est bien un accès à une chambre funéraire. Ces deux pièces sont un indice et ce couloir en pente marque généralement le passage menant au tombeau.

- Au tombeau ! S'écrièrent en chœur Sophie, Martine et Céline.

- Oui, je crois que nous allons découvrir celui des premiers souverains de Koubar. Bon, il nous faut des coins, des cales.

- Des coins ? Répéta étonné Mathieu.

- Oui nous les mettrons dans les rainures verticales pour empêcher le granit de redescendre, c'est plus prudent.

- Ooooh ! Un coin pour bloquer un énorme granit ? Demanda Céline en grimaçant.

- Ne vous inquiétez pas, il ne redescendra pas comme ça, je vous le promets.

- Franchement, je n'ai pas trop envie d'y aller, murmura Sophie en regardant Nicolas, en plus pour aller voir un cadavre.

- Quoi ? Ma puce, tu te rends compte de cette aventure, on trouvera sûrement un sarcophage, pas un squelette n'aie pas peur. Tu étais bien plus aventurière la dernière fois.

- Ouais ! Mais on parlait d'un trésor, répondit-elle en faisant une mimique qui fit rire ses amis.

- Pas question que tu rates ça ! Nous irons tous ensemble, insista Nicolas.

- Et qui viendra nous chercher, si nous restons coincés ? S'inquiéta-t-elle.

- Mon assistant, affirma le roi en lui faisant un signe de tête.

Elle soupira longuement vaincue par l'enthousiasme général. Des coins furent installés sous le regard attentif de Sophie.

-Je passe en premier affirma monsieur Wilmer.

- Je serai juste derrière précisa joyeusement Wassim, en distribuant des lampes.

Il s'arrêta brusquement, montrant au groupe une énorme boule de granit située sur le côté, sur sa partie centrale on voyait par transparence.

- C'est quoi ce truc ? Interrogea avec curiosité Nicolas.

- C'est très malin, comme les égyptiens qui utilisaient souvent ce qu'ils avaient sous la main en grande quantité, ils se sont servis du sable !

- Le sable ! répétèrent-ils tous en chœur.

- Oui ! Regardez bien, c'est un parfait mélange entre un balancier et un sablier.

Éric s'approcha de plus près.

- Waouh ! C'est ingénieux. Cette énorme boule de granit, comprend une partie translucide en son centre, on dirait… du cristal.

- Oh ! Cela me rappelle le Timewheel de Budapest, indiqua Céline en l'observant à son tour.

- C'est quoi? Insista Marc intrigué.

- Le Timewheel est une énorme boule de granit pesant soixante tonnes et mesurant huit mètres de hauteur. Au centre il y a des parois vitrées qui permettent de voir le sable tomber, c'est un sablier géant. Il met un an pour s'écouler. Quand il a terminé on le fait rouler, il faut quatre personnes pour le remettre en position et décompter de nouveau une année.

- Super ! Mais quel rapport avec ça ? Interrogea Mathieu.

- En utilisant le sceptre, le prince Ayoub a déclenché le système. Du sable arrive par cette ouverture juste au-dessus, dit-il en montrant un orifice assez large, il remplit la boule rapidement, et si vous vous baissez, vous remarquerez un trou plus petit à la base de cette sphère permettant l'évacuation du sable, qui tombe dans cette rigole en pente, disparaissant derrière ce mur. C'est un sablier géant et un balancier. Le poids de la boule permet de soulever la plaque de granit qui retombera une fois le sablier vidé.

- Quoi la porte va se refermer sur nous, on va mourir ici ? S'écria avec inquiétude Sophie.

- Non pas avec les cales qui ont été installées.

- Super rassurant, ironisa Sophie en grimaçant.

- Mais ce n'était pas pratique leur truc, pourquoi ne pas avoir fait simplement une porte, fit remarquer dubitative Zoé.

- Attention ! N'oublie pas qu'il s'agit d'un tombeau, normalement une fois scellé on n'y pénètre plus. Ce système était sûrement utilisé au moment de sa construction ou bien pour y apporter des objets, précisa Céline.

- Des bijoux ? S'exclama joyeusement Sophie.

Wassim pouffa de rire.

- Je pense qu'ils devaient se trouver dans la pièce que nous venons de quitter. Généralement on apporte pour son voyage dans l'au-delà des objets plus personnels qui comptaient vraiment pour le défunt, les biens matériels n'ont plus aucune valeur.

- En tout cas ce système était vraiment ingénieux, murmura Éric admiratif.

- C'est fascinant s'extasia Wassim en tapant dans ses mains.

- C'est pas ce que j'aurais dit, soupira Sophie.

- Moi j'adore ! On peut y aller maintenant ? Interrogea Marc avec enthousiasme.

- Avançons doucement, insista monsieur Wilmer.

- Vous… vous croyez qu'il y a d'autres pièges ? Demanda Martine avec angoisse.

- Regardez juste en haut des murs, vous remarquez ces fentes obliques très rapprochées.

- C'est quoi ? Peut-être pour apporter de l'air non ? Suggéra Paul.

- Hum ! Non, à mon avis si des intrus avaient brisé la herse de granit pour s'introduire dans ce couloir, ils auraient déclenché un système de protection. Ces fentes laisseraient alors s'écouler du sable emplissant ce couloir totalement, tuant les intrus.

- Oh ! Super, il ne manquait plus que ça ! Gémit Sophie en frémissant.

Nicolas lui enserra les épaules pour la rassurer.

- Quelle aventure ! Je n'en reviens pas, murmura-t-il joyeusement.

Ce long conduit sombre était lugubre, le silence régnait dans le groupe, on entendait juste le bruit du sable s'écoulant doucement.

Monsieur Wilmer poussa un cri de joie en débouchant dans la pièce funéraire.

Ils restèrent ébahis devant leur découverte. Au centre de la pièce se trouvait deux sarcophages, dont un immense.

- C'est plutôt étonnant, de voir le souverain et sa reine dans la même pièce. Voilà sûrement pourquoi ils avaient créé le système d'ouverture, ils voulaient être enterrés ensemble, et regardez ces fresques et ces gravures parfaitement bien conservées.

Ils approchèrent silencieusement, intimidés par les lieux chargés d'histoire. Sur le côté, sculpté dans la roche se trouvait une étagère sur laquelle était posée des objets précieux, dont une tablette. GRIMA sauta immédiatement à côté, semblant avoir deviné ce que c'était.

- C'est ce que vous recherchiez ? Interrogea Céline joyeusement.

Wassim laissa ses doigts courir sur l'écriture, les yeux embués de larmes.

- Roi Hamad, je vous présente la tablette de l'origine de Koubar. Les terres furent offertes par les souverains d'Ubar à leur jeune fils Sem à l'occasion de son mariage avec Kenza oh !

- Quoi oh ! Interrogea avec empressement Nanny.

- Je n'en crois pas mes yeux, il est précisé que la famille de Kenza venait d'Egypte mais qu'elle vivait dans une tribu près de la frontière, il s'agit… d'Adur.

Wassim se tourna vers Noam avec émotion.

- Tu vois Noam les cités d'Adur et Koubar sont liées depuis toujours, tu revendiquais ce royaume pour de mauvaises raisons. Ils régnaient déjà ensemble et ce depuis le début.

Noam s'approcha à son tour, se saisit de la tablette qu'il étudia méticuleusement, des larmes coulèrent sur ses joues.

- Je suis vraiment nul. Toute ma vie on m'a répété que la famille régnante de Koubar nous avait volé le trône, qu'elle l'avait pris par la force. Alors qu'en fait, c'est le résultat d'une alliance parfaite. Décidément, j'étais un mauvais frère, un mauvais fils et un professeur incompétent. Je vais devoir réécrire toute l'histoire de notre pays. Maintenant nous avons les preuves, dit-il en se tournant vers son père.

- Oui j'espère que cela permettra de ramener la paix aux frontières de calmer ceux qui revendiquaient l'indépendance.

- Je m'en charge père, j'irai voir Abdul Al-Misri, ces preuves sont irréfutables.

- Je viendrai avec toi mon fils. Nous ramènerons la paix ensemble. L'enjeu est trop grand, et je me dois d'être à tes côtés.

Une émotion intense passa dans le regard de Noam. Son frère Naïm lui pressa le bras pour l'assurer de son soutien.

- Tu sais ce qui est amusant ?

Noam le regarda intrigué.

- Aujourd'hui je codirige ce pays avec Ayoub, dans le fond un peu comme Kenza et Sem, nous partageons les responsabilités pour le bien de notre peuple. Le temps des égos surdimensionnés, des dictateurs est terminé Noam. Pour la survie et le développement du pays, nous devons travailler la main dans la main. Toutes ces guérillas internes, ne font que desservir notre avenir au profit des grandes puissances de ce monde.

Nanny regarda le mur richement décoré.

- C'est quoi tout ça ? Interrogea-t-elle avec curiosité.

- Il est écrit que la reine Kenza première reine de Koubar régna aux côtés du roi Sem. Qu'ils partageaient le pouvoir et un amour éternel. Qu'ils avaient voulu créer un royaume basé sur le respect des traditions et de la religion, un peuple pacifiste et humble.

- Ce sont eux ? Demanda Sophie en montrant les sarcophages.

- Oui probablement, c'est étonnant de les voir côte à côte. Cela en dit long sur leur façon de vivre et de régner.

- Il n'y a vraiment aucun trésor ici, même pas un petit collier ? S'étonna Sophie.

Les autres pouffèrent de rire devant son air dépité.

- Je pense que pour eux les richesses étaient plus spirituelles, affirma monsieur Wilmer. C'est fabuleux cela vaut tout l'or du monde, nous retraçons toute l'histoire du royaume, son origine. On découvre aussi leur lignée, regardez, ils ont eu six enfants.

- Six ! Waouh ! Quelle famille nombreuse, fit remarquer Marc.

- Tu as réussi Wassim mon ami, et c'est aussi grâce à Nanny et vous tous, murmura le roi Hamad avec beaucoup d'émotion dans la voix.

Zoé prit GRIMA dans ses bras, il ronronnait de plaisir, comme satisfait. Elle fit glisser ses doigts sur le dessus des sarcophages, s'attarda sur celui de Kenza, cette jeune femme au destin incroyable, tombée amoureuse d'un géant de Aad. Une fois de plus les récits religieux, les faits et les légendes s'étaient croisés.

ÉPILOGUE

La nouvelle se répandit rapidement dans tout le royaume, comme une trainée de poudre. Des festivités furent organisées pour célébrer la découverte de la tablette.

Zoé souriait, GRIMA avait permis de résoudre un mystère, de réunir une famille et de ramener la paix aux frontières. Des réunions devaient se tenir au palais avec Abdul Al-Misri.

Maryam entra dans la suite en chantonnant, elle rayonnait de bonheur.

- Oh ! Merci Zoé grâce à vous mon mari vient de retrouver son poste de chauffeur au palais, bien sûr après sa rééducation. Il va même avoir une promotion. Vous avez prouvé qu'il n'était pas responsable, merci beaucoup, ils en ont conclu qu'il y avait eu une défaillance technique.

Zoé hocha la tête, le roi Hamad avait tenu à minimiser la participation de son fils Noam dans cette affaire. Après tout ce n'était que des actes de vandalismes, de sabotages, des destructions, pas de pertes humaines à recenser. Il avait estimé avoir aussi une part de responsabilité en tant que père, il se reprochait de ne pas avoir été assez à l'écoute des doutes de Noam. Il s'en voulait d'avoir laissé cette femme aigrie se charger de son éducation.

Elle se dirigea ensuite vers le grand salon, toute la famille royale et ses amis l'attendaient. Mathieu s'empressa de la rejoindre, GRIMA trottait fièrement à leurs côtés.

- Qu'allons-nous faire maintenant ? Interrogea Nicolas, nous rentrons quand ?

- Oh ! Pas de précipitation, vous êtes en vacances et cette fois-ci vous allez en profiter. Mon royaume a tant de trésors à découvrir, vous êtes mes invités, affirma le roi Hamad avec un grand sourire.

- Génial ! On va pouvoir retourner au waaaa… commença Sophie joyeusement.

- Le wadi, répondirent en chœur les quatre frères.

- Oui ! C'est ça.

- Nous irons tous ensemble, nous avons bien besoin de décompresser précisa le prince Ayoub.

- Nous devons aussi vous faire participer à notre sport national, le vol des faucons. Vous verrez c'est génial, vous y avez assisté mais participer c'est autre chose, affirma Noam en souriant.

Zoé fronça les sourcils, il avait tellement changé, il était plus aimable. Comme dans la légende, on avait extrait de son cœur la rancœur, la haine. Le roi lui avait offert une seconde chance, et il était bien décidé à en profiter.

- Et toi Wassim ? Tu m'as l'air bien joyeux mon ami, interrogea le souverain Hamad.

Celui-ci se frotta les mains de satisfaction.

- Avec mon ami monsieur Wilmer et Noam, nous allons continuer d'étudier le tombeau, d'ailleurs Céline aussi est passionnée par nos découvertes, elle participe également à nos recherches. Ensuite nous refermerons pour toujours cet endroit, Kenza et Sem méritent de reposer en paix.

Le roi Hamad hocha la tête approuvant cette décision.

- Quand je pense que ces deux-là ne pensaient qu'à s'étriper, dit-il en riant.

GRIMA vint se frotter contre les jambes de Nanny qui se pencha pour le caresser, Zoé la vit le remercier tendrement.

Nicolas, s'approcha doucement de Zoé qu'il prit par ses épaules.

- Merci Zoé je n'ai jamais vu ma grand-mère aussi heureuse.

- Elle a retrouvé son premier amour, son âme sœur ! Affirma rêveusement Sophie.

- Oui il semblerait que la vie lui offre aussi une seconde chance.

- Tu crois qu'elle va la saisir ? Demanda Mathieu.

- Je pense qu'ils s'accorderont enfin du temps pour eux, précisa Zoé.

- Mais alors cela veut dire que c'était notre dernière aventure ? Interrogea Marc avec tristesse.

- Oh non ! Pas question, nous avons encore bien des mystères à résoudre. D'ailleurs si vous le voulez bien nous aurons encore besoin de votre aide, murmura Paul qui venait d'apparaître à leurs côtés.

Le roi Hamad entouré de ses fils s'approcha de Paul et de ses amis, il fit signe à son assistant qui lui apporta deux recueils dont un très ancien.

- Justement Paul, au cours de mes nombreux voyages j'ai découvert ceci, dit-il en lui tendant le premier, je pense que cela devrait vous intéresser.

Paul feuilleta l'ouvrage dont la couverture était usée, il releva la tête en fronçant les sourcils.

- Mais qu'est-ce que c'est ?

Le souverain se tourna vers ses fils en souriant tendrement.

- Probablement votre prochaine quête et ce second recueil est la traduction, je suis persuadé que cela va vous fasciner.

Nanny les rejoignit tout sourire.

- Ah oui ! D'autres expéditions nous attendent ? Nous avons tous hâte. Mais… maintenant nous sommes en vacances, d'ailleurs Hamad va me faire découvrir le désert de nuit, conclut-t-elle en rosissant de plaisir.

Ils pouffèrent de rire devant sa joie évidente. GRIMA miaula attirant l'attention sur lui.

- Ce chat est incroyable, affirma Amir en le prenant dans ses bras.

- Hum ! Arrêtez, il va finir par avoir la grosse tête, murmura Zoé en lui gratouillant le menton.

- Je me demande où notre prochaine aventure nous entraînera ? S'inquiéta Éric.

- Hum ! La vie est un mystère, répondit Zoé en souriant, un seul à cette réponse, c'est GRIMA et vu l'intérêt qu'il semble porter à ces recueils quelque chose me dit que nous tenons là le début de notre prochaine mission.

FIN.

Table des matières

CHAPITRE 1 7
CHAPITRE 2 16
CHAPITRE 3 28
CHAPITRE 4 39
CHAPITRE 5 50
CHAPITRE 6 65
CHAPITRE 7 75
CHAPITRE 8 92
CHAPITRE 9 103
CHAPITRE 10 114
CHAPITRE 11 136
CHAPITRE 12 153
CHAPITRE 13 163
ÉPILOGUE 176